ROKUBUNGI

俳誌 六分儀

11号

平成二十七（二〇一五）年二月

虚子俳話⑩ 俳諧国

❖

朝やけの中で……森崎和江 6
積み荷のない船……井上陽水 8

谷口治達 前代表

二十句……12
求美の心を養おう……谷口治達 15
日々……深野治 18

優しく穏やかな、知と情の人 谷口治達先生を偲んで……吉岡紋 21
ポツリポツリの谷口さん……土居善胤 25
断想……稲光勇雄 28
谷口治達先生とのおもいで……石山勲 32
心情と感性……丸林宏昭 35
福岡文化の星座……武田芳明 37
碁敵と句敵……酒井大輔 41

❖

夕焼け 小焼けの 赤とんぼ 負われて 見たのは いつの日か……西島雅幸 42

❖

野に大河……金子兜太 46
源義死す……角川春樹 47
子蓑虫……後藤比奈夫 48
水の星……稲畑廣太郎 49
松島……坊城俊樹 50
天命……星野高士 51
あらたまの……七田谷まりうす 52
秋風……山本素竹 53
遷宮……坊城中子 54
ポルトガル讃……宮坂静生 55
金芒……星野椿 56
秋の村雨……茨木和生 57
航跡……寺井谷子 58
沼の音……河野美奇 59
秋の晴……本井英 60
愛はうたふ……筑紫磐井 61
灯籠流し……湯川雅 62
五句……岸本尚毅 63
深秋……上田日差子 64
火恋し……大高翔 65
たうらう……山下しげ人 66
肋骨……堀本裕樹 67
一隅……福本弘明 68
太陽系に暮らす……上迫和海 69
仏蘭西……木暮陶句郎 70
床の下……髙柳克弘 71
秋のあしおと……保坂リエ 72
姥捨の月……岸本マチ子 73
火の恋し……野見山ひふみ 74
神の留守……林加寸美 75

天上の……あざ蓉子 76
秋……中杉隆世 77
つれづれに……秦 夕美 78
群 像……奥坂まや 79
手 紙……櫂 未知子 80
軍艦島〈三菱端島炭鉱〉……岸原清行 81
釦……鴇田智哉 82
詩に倦めば……神野紗希 83
俳諧とや……谷口慎也 84
老 鲞……緒方 敬 85
燕去る……田代朝子 86
家人留守……内田麻衣子 87

❖

猫のゐる島……恒成美代子 88
ファミリー……内藤賢司 89

❖

ケイトウの見栄……龍 秀美 90
遅れる雨の……渡辺玄英 92

❖

この国に未来はあるか。……中屋敷 宏 94
花のある役者の「花」……橘 英哲 98
虚子の俳句……坊城俊樹 102
ちょっと不愉快なこと 二十四節気の見直し……筑紫磐井 109
北軽井沢……中杉隆世 113
吟行って面白い……岸本マチ子 116
紅 葉……山本素竹 118
歴史と個……谷口慎也 121
亀の餌……山下しげ人 124

猛犬に注意……中野信一 126
[傘寿] 狂想曲……岸本みか 129
奇　遇　祖師の足跡を尋ねる旅……三池賢一 132
博多今昔散歩 10　箱崎界隈……稲光勇雄 135
時代小説と登場人物の名前……石瀧豊美 140
ふたりの歌人／晶子が詠む、しのぶ愛……光畑浩治 144
一冊の重さ……山本友美 152
句日記より……松尾鉄仙 156
静雲先生……藏本聖子 160
算数ノート……柳内あず実 162
志士たちの史料より……多田 薫・多田孝枝 164

❖俳句・短歌・漢詩

少年の絵馬……大賀良子 173
約束の……藏本聖子 176
稲　孫……古賀伸治 179
花の四季……酒井大輔 182
新　涼……多田 薫 185
道　標……多田孝枝 188
つぶやき春秋……土居善胤 191
仁王の眼……中山十防 194
別　れ……松尾鉄仙 197

川端茅舎発掘関連資料 6

分類・解読・文責　多田孝枝

直筆原稿▼池内友次郎……202
直筆原稿▼「俳句の概念を与へる」高濱虚子……203
直筆原稿▼「或日の雑談」冨士子・素十・立子・蚊杖・晴子・たかし・つや女……216
直筆原稿▼星野立子　虚子選……223
直筆原稿▼「山の湯」深田久彌……224
書簡▼杉村春子より……230
同封チラシ……232
直筆原稿▼「針供養見学記」吉屋信子……233
アルバムより▼九州関係写真六点……238

❖

季題別索引……240

賛同をいただいた方々……252
六分儀同人名簿……254
編集後記……255

題　字　山本素竹
表紙画　春崎幹太「朝霧」
童　画　西島伊三雄
装　丁　design POOL

表紙のことば

寒い日の金鱗湖（由布市）。視界がなく、おぼろげな太陽が浮かんでいました。

春崎幹太▼イラストレーター、福岡市在住。はるさき水彩画教室主宰。クラブツーリズム新宿水彩画講座講師。

朝やけの中で

森崎和江

八つか九つくらいの年頃だった。朝はまだひんやりしていた。私は門柱によりかかって空をみていた。朝陽がのぼろうとしていたのだろう、透明な空が色づいていた。

朝早く戸外にノートと鉛筆を持ち出して、私は何やら書きつけていた。が、空があまりに美しいので、その微妙な光線の変化を書きとめておきたくなって、雲の端の朝やけの色や、雲を遊ばせている黄金の空にむかって感嘆の叫びをあげつつ、それにふさわしいことばを並べようとしはじめた。けれどもなんという絶妙な光の舞踏……。

私はあの朝、はじめてことばというもののまずしさを知ったのである。絶望というものの味わいをも知ったのだった。自然の表現力の美事さに、人のそれは及びようのないことを、魂にしみとおらせた。打ちしおれる心と美事な自然のことばに声を失う思いとを、共に抱き、涙ぐむようにしていると、父が出てきて、笑顔をむけてくれた。

何を話してくれたか、もう記憶にない。ただあの時の強い体験にふさわしいようないたわりが、父から流れてきたことだけが残っている。空がしろくなり、人間たちの朝が動いて行くけはいが満ちた。

いつのまにか文筆にかかわって生きてきたけれど、ことばに対する私の感じ方のなかには、あの朝の体験が深くひろがっているようである。それは人間たちのふかぶかとした生のいとなみのなかで、言語化されている部分のちいささ、まずしさへの思いである。いや、まだことばになっていないひろい領域のあることに対する、いとしさである。

私が閉山してしまった炭坑町にまだとどまっているのも、地面の下で特有な感性を開拓した人人が、言語化しがたいものを抱きつづけているのを感ずるためである。ことばは朝やけの中の八歳の少女のようだ。

(二〇一四年、中学三年の国語の教科書に掲載されている)

積み荷のない船

井上陽水

積み荷もなく行くあの船は
海に沈む途中

港に住む人々に
深い夜を想わせて

間に合えば夏の夜の最後に
遅れたら昨日までの想い出に

魚の目で見る星空は
窓に丸い形

旅行き交う人々が
時を楽に過ごすため
サヨナラは雨の歌になるから

気をつけて
夢と夢が重なるまで

過ぎ行く日々そのそれぞれを
なにか手紙にして

積み荷もなく行くあの船に
託す時は急がせて

帰るまで好きな歌をきかせて
会えるまで胸と胸が重なるまで

Belle epoque
de Fukuoka

「画布（カンヴァス）の海へ――1960〜80年代福岡 美術家たち展　谷口コレクション」のロゴ

追悼　谷口治達 前代表

谷口治達（たにぐちはるみち）前代表は、一九三二年広島市生まれ。一九五六年、東京大学国文科卒業。西日本新聞社入社、以後主として文化畑を歩み、文化部長、論説委員などを経て三十二年間勤務後、一九九一年田川市美術館長兼務。一九九五年より十九年、うち十二年間を九州造形短期大学学長の職にあたられておられました。

著書は『坂本繁二郎』、『西日本民族博物誌 上・下』、『彫心澄明　冨永朝堂聞書』、『俳諧求道　小原菁々子聞書』、『はかた夢松原物語』、『青木繁・坂本繁二郎』ほか多数。二〇一二年、福岡市文化活動功労賞、福岡県地域文化功労者表彰。

二〇一三年二月六日逝去。享年八十歳。

谷口治達　二十句

平成といふ時代となりぬ寒椿

秋時雨彫像の如き鷺一羽

春浅き五浦の崖の波しぶき

銅像の眸彼方へ浅き春

夏草や倭寇を偲ぶ今帰仁（なきじん）址

炎天の礎（いしじ）の前で帽を脱ぐ

東京は坂多き町春寒し

うららかや湯島天神賑へる

大学を引退して

薫風や第二の人生始まれり

青木繁

天才の青木が好みし肥前柿

炭坑（やま）偲ぶ二本煙突天高し

パステルがよしコスモスを描くなら

麗かや富士をたつぷり日航機

踏青や行きたさ募るフランスへ
木下闇一條する鋭き光かな
春雷や遠き日の原爆(ピカ)よみがへり
春雷を合図に仕事の馬力上げ
行春や佐與姫神社の鈴鳴らす
呼子浦風は韓(から)から豆の花
「誰かさん」の歌が聞こえる麦の秋

【新学長のメッセージ】

たくましい求美の心を養おう

谷口治達

今春、九州造形短大に三百二十五人の新入生を迎えた。「年々歳々花相似たり、歳々年々人同じからず」という詩があるが、前年と一見変わらぬ若者群像であっても、個性はそれぞれ異なるわけである。その各々の個性を素直に伸ばすのが本学の役目である。

私は入学式で新入生にこう呼びかけた。

――皆さんは美術やデザインや写真が好きだから本学を選んだと思う。昔から〝好きこそものの上手なれ〟というが、それは好きなら遊んでいても上手になる、ということではない。芸術の道は厳しい。技術の習得は簡単にはいかない。大変な苦労、苦心がいる。創造の喜びは苦心の汗や涙の彼方にある。好きならどんな苦労にも耐えられると解するのが本来で、創造の苦しみにくじけず挑んでほしい――と。

目下、二十一世紀を目前にして変革の時代が進行している。どんな時代が来るのか私たちには定かでない。それは当然二十一世紀に生きる若い世代が作り出していくものであるが、私は、今日のような科学と経済第一の合理主義的な社会ではなく、もっと心の豊かさを求めた、精神性の強い、芸術的創造性や美を愛し求める心がもっと尊重される社会になるに相違ないと思う。

九州造形短大で造形芸術を身につけ求美の心を養った人々には、大きな役割が待っていると言っても過言ではない。私は学生たちがためらわず真剣に芸術と取り組み学んでほしいと願っている。大学も教職員、設備、運営等全機能を挙げて学生の成長を助けたいと思うのである。
入学式の初心の決意の記念として私は一つの俳句を記憶してほしいと言った。それは

春風や闘志いだきて丘に立つ

高濱虚子の作である。虚子が小説や詩など、他の文学的才能や可能性を全て捨てて俳句一本で生きていこうと決心した時の初心の句、決意の句である。

私は学生諸君にさらに松本竣介画集をひもといて代表作『立てる像』を見てほしいと思う。若い青年が前を見つめてすっくと立っている。その表情は春風のようにさわやかで穏やかだが、その内部に静かな闘志が秘められているのがありあり感じられる。

この画家の青春期は二次大戦の直前、厳しい時代がまさに訪れようとしていた。それを恐れず避けず決然と前を見つめ、芸術の理想へ向かって一歩を踏み出そうとしている。

私は芸術にも闘志がいると思う。負けじ魂がいると思う。それはスポーツのような競争技でも結局同じだが、他人と戦うための闘志ではなく、むしろ自分の心、自分の内部に芽生える怠け心、くじける心、もろもろのマイナスの心と戦うべき闘志である。まず自分に打ち克つことが芸術を生み、新しい時代の扉を開くエネルギーになると思う。

私はよく素朴な質問をきく。九州造形短大を出た者はみんな造形芸術家になるのか、と。現実にはそうはいかないと思う。しかし、たとえ造形芸術とは縁遠い仕事についたり生活を送ったとしても、この大学で真剣に学んだ経験を持つ者は、胸中に芸術の美しい魅惑の灯をともしている。何を作っても、その灯が鮮やかに生き生きと手を動かしてくれる。何を考えても、その灯が素晴らしい美を念頭に掲げて

くれる。

そうして何かの機会が来た時、気づかぬうちに創造活動を再開するに違いない。芸術とは本質的に生涯学習的なもので、短大時代に腕と心の基礎ができれば、一生かけて美しい夢を追い続けることになると思う。一生、好きな道として追求し続けるに違いないと思う。非常に心豊かなことである。

さて私もこの四月一日付で九州造形短大の新学長になった。一方で、この大学が四半世紀築いて来た、和やかで各人に行き届いた優しい教育の伝統を守りたいと思う。学生諸君にとって思い出多い懐かしいキャンパスとなるよう努力したいと思う。

しかし一方では社会には変革の嵐が吹きすさび始めた。大学も例外ではない。新時代にどう対応するか、この短大はどうあるべきか。二十一世紀を展望した新しい芸術教育を模索しなければならない。芸術の学校であればあるだけ、旧態に甘んじていてはいけない。教職員あげて英知を集め、私たちも勇気と闘志でキャンパスの変革を図っていくつもりである。


（九州造形短期大学広報誌『KZAC（クザック）』第43号〔一九九五年五月二十五日発行〕より転載）

よみがえる日々

深野　治

消えゆくは「来経ゆく」が原意だとか。山上憶良、衰老の吐息がある。

かくのみや息づきおらむあらたまの来経ゆく年のかぎり知らずて

往時茫々、遠い日々のことどもの多くは消え去り忘れ果てているのに、ときに、色あざやかな記憶の木の葉が潭底からふいと浮びあがってくることがある。

すでに半世紀ほども前のことだ。夏の終わりの夕暮れどき、勤め先の夕刊フクニチ新聞社に、画家の菊畑茂久馬さんから電話があった。話のあるけん、ちょっと来ちゃらんね。いつものことだった。寺田健一郎さんからだと麻雀か酒の誘いだし、桜井孝身さんやオチ・オサムさんだったら急に思い立ったアイデアやプランのあれこれ。そんな誘いを私のほうも心待ちしているのが常だった。

その日、菊畑さんが待っていたのは、今は天神コアになっている因幡町の喫茶店風月。西日本新聞の谷口記者と相談のあるったい、いっしょに聞いてやらんね。コーヒーを飲み干すのももどかしげで、そうそうに近くのスナックバー・ドンキーに場所を移した。西日本新聞の記者連の溜まり場だったらしい。

ＢＧＭの音量が大きくて互いの声が聞き取りにくいなかで、いつのまにか、地元の画家たちを糾合する自主企画展を三人でやろうということが大筋でまとまった。こんな話に何か光が輝くような魅力を与える話術を菊畑さんは心得ていた。すぐさま多くの画家たちと何度も会合を重ね、そのたびに談論風発、谷口さんと私の間柄も急速に親しいものになった。年齢でいえば三十歳を前後して谷口、菊畑、深野の順。谷口さんが東京支社の学芸担当から本社文化部に異動してきたのは、たしかその春のことだった。

明けて一九六七年二月、福岡県文化会館（当時）の展示会場全室を借り切り、九州在住画家十九人を選抜した第一回「九州現代美術の動向展」が開催された。以後、一九七〇年まで、毎回、マネージメント責任者が替わりながら、この「動向展」が引き継がれる。

考えてみると、妙な話である。個展やグループ展を別にして、大展示室を借り切りで開くような規模の大きい美術展を、画家と勤務先の違う新聞記者との三人で、何の組織の後ろ盾（資金面でも）もなく、思い立ってから半年もかけずやってのけたのである。企業論理から言えば、正規の取材活動からはみだした事業企画を会社の許可もなく勝手にやったことになる。経費はすべて手弁当で、入場無料だからむろん利益どころか持ち出し一方だったのだが、それが通用したのだから鷹揚な時代ではあった。

出品に応じてくれた美術家たちの側にも、複雑な事情があった。前衛美術界の暴れん坊として一九五〇年代末期に全国に知られた九州派も、時流の変化と内部分裂のくりかえしで、事実上の解散状態になり、中核の桜井孝身、オチ・オサム両氏はアメリカに活動拠点を移していた。残りのメンバーは精神的な紐帯は保ちつつも運動体に結晶するエネルギーは失われていた。既成のヒエラルキーが復活しつつあった団体展系の画家たちも地方在住の不安に悩みを抱えていた。

だからこそ、私たち三人の呼びかけが、新しい変化の核になり得る契機の期待を提供できたのかもしれない。おそらく菊畑さんの企図もそのあたりにあったのであろう。それが、東京の美術界とはまったく違う空気の福岡に戻ってきた谷口さんに気分の高揚をもたらしたようだ。三人そろっての企みはその一度きりだったが、北九州市の毎日新聞西部本社から福岡総局に赴任してきた田中幸人記者も渦中に加わり、熱気の充満したガス発光体は長く尾を曳いた。

美術家たちとのねじりあうような芸術論議の渦が夜ごとといってもよいほどの酒宴から奔出していった。酔うてはハルミチ、コウジンと呼び捨てになる磁場であった。

「一九六〇年代から八〇年代は、私にとってもベル・エポックだった。過熱した二度目の青春を味わった」と、のちに谷口さんはふりかえっている。

あの日々の輝きは、一つの時代の落暉のそれであったのだろうか。私たち記者トリオもやがて新聞社を離れた。谷口さんは大学人のかたわら田川市美術館長を兼ね、田中さんも東京本社学芸部から埼玉近代美術館長に招かれたあと熊本市現代美術館長に就き、私はＦＭラジオ局に転じた。美術の動向をさぐる企画展は、美術館主体のキュレーターに委ねられる時代に変わった。それでも美術家をまじえた折々の出会いは少なからずあった。会えばきまって酒になり、きまって深更に及んだ。

悔やまれるのは、谷口さんに俳句の長いたしなみがあることを仄聞しながら、句詠をともにすることが一度もなかったこと。青春の狂熱にも似た火照りがおさまり低徊静座するには、まだ齢が足りなかったのかもしれない。享年、コウジン六十六歳、ハルミチ八十歳。

呼ばへば近くなり遠くなりアレチノギク手向け

優しく穏やかな、知と情の人

谷口治達先生を偲んで

吉岡　紋

追悼エッセイをとのお話を頂いたが、多くの方から敬愛されていらっしゃる先生のこと、接点の少なかった私よりも他に適任者がと、一度は辞退致したものの、拙い私なりの思いでも、受け止めて下さるのではないかと思い直し、烏滸（おこ）がましくもペンを執（と）った次第です。

最初の接点は、私が文芸誌『らむぷ』の主宰をしていた一九八七年以降、発行した小誌をお送りし、その返信としてご高評を添えたおハガキを頂戴するという形でした。今は亡き懐かしい方々、白石一郎、星加輝光、北川晃二、中村光至、石塚跣、青海静雄、山本哲也各先生等に混じって、西日本新聞社の青木秀氏、谷口治達氏のお名前もあったのです。谷口先生は、西日本新聞社を退職され、九州造形短期大学の教授に就任された頃で、お忙しいご様子でした。

実は、私は大学在学中からジャーナリスト志望だったのですが、当時、女性の受験は受け付けないということで、卒業後は小さな出版社に勤めたのですが、五年程で退職し、秘書室長だった高山三夫氏のご紹介で、一時期西日本新聞社で働いたことがあります。

社会部や資料室でしたが、「時めく光源氏」にも似た美丈夫、青木秀文化部長や、まだ、お会いしていませんでしたが、美術記者としてご高名だった谷口治達氏のお二方は、特に仰ぎ見るような憧れの存在だったのです。

実際に、お二方と言葉を交わせたのは、一九九一年、私が福岡市文学賞を受けた後、北川晃二先生のご推薦という形で、福岡文化連盟に入会し、初めて参加した総会後の懇親会の会場でした。お心遣いの細やかな北川先生のお引き合わせによるものでした。

青木秀氏とは、お互いに心の故郷である延岡とのご縁や、甥二人が卒業した一橋大学という共通の話題で親しくお話をさせて戴いたこと、今でも感謝しています。谷口先生は、優しく知的な貴公子といった風情で、私に接して下さいました。静かな親しみ易い雰囲気ながら、大学教授らしい知的な風貌も魅力的でした。

先生から頂戴した名刺を拝見している私に、はにかんだような笑顔で、先生は、こうおっしゃったのです。「私の名前は、はるみちと読むんですよ。みんな、そうは読んでくれませんけどね。難しいんでしょうかね」

人に聞かれたら不味（まず）いという感じの小さなお声でした。まるで、少年のような、と思いながら、私は、各務先生や星加先生から、モンさんと呼ばれて喜んでいた自分のことを考えていました。

あれは、入会して三、四年経った頃でしょうか。文化連盟の忘年会の後、何となく誘われて行った二次会で、谷口治達先生、江頭光氏、田部光子さん、恒成美代子さんと、同席したことがあります。確か、天神裏にある小料理屋でしたけれど、入店するや、急に常連らしく振舞い始めたみんなの雰囲気に解け込めず、私は固くなっていました。居心地の悪い原因は、もう一つあったのです。

江頭光氏の出版されたご本が、会場で話題になった時、私は、日頃仙人然として闊達で磊落（らいらく）な、江頭氏に親愛の情を抱いていた延長線上で、遂、余計な一言を口走ってしまったのでした。それは、本のタイトルになっている山座円二郎の、「二」は、「次」の誤りではないかということでした。

実は、山座円次郎は、夫の祖母の兄、つまり、大伯父で、夫からも姑からもよく聞かされていたし、国際法の学者一又正雄著『山座円次郎伝』が、家にあったからです。因(ちなみ)に、祖母いくの夫は、吉岡友愛(ともえ)大佐で、西公園に銅像があり、その像を運んで建てる所を実際に見たことがあると、故小原菁々子氏から聞かされ、感動したことがあります。

脱線しましたが、私の指摘を、江頭光氏は豪放な態度を崩さず、素直に受け取って下さいました。私の方は後悔もあり、抑えてはいましたが、いたたまれない気持でした。

谷口先生は、そういう経緯はご存じないのに、私の浮かぬ顔で、何かを感じ取られたのでしょう。私の隣の席に自然に座ると、やはり、皆に聞かれないような小さなお声で、私の耳元で囁(ささや)いて下さったのです。

「気分がすぐれないのではないですか。ここは私に任せて、トイレにでも行くふりをして帰られてもいいですよ。私が後で、取り成しておきますから」

谷口先生の思いやりある一言は、私にとって救いでした。私はお言葉に甘えて、さりげなく店を出たのでした。

先生の繊細な神経は、お詠みになる俳句にも表われている気がします。俳句と言えば、思い出すことがあります。二〇〇七年十月、『ばあこうど』の主催で「この秋　自然を詠もう」という催しがあり、一般から俳句を募集したのですが、思いがけず、私の句「月の出を待つ間の二人寡黙なる」が七田谷(なだや)まりうす選により〝特選〟に、あざ蓉子選による〝秀逸〟には「真っ向に満月のあり猫眠る」が、谷口治達選には、〝入選〟として、七田谷先生の選ばれた「月の出を」の句が入ったのでした。

その表彰式の時、所用で東京に帰られた七田谷先生の代わりに、谷口治達先生が、私に賞状を渡して下さったのです。ステージの上で、賞状を渡して下さる時、小声で言葉を添えて下さったこと、今でも忘れません。

「よかったですね、おめでとう」小さいけれど、お声には温かみがありました。

それ以前の二〇〇二年、「谷口コレクション」がアクロス福岡で開催された折、会場でお会いした先生に「コレクション、凄いですね」と申し上げると、「みんな、頂いたものですよ、凄いのはみんなですよ」と、笑顔でおっしゃいましたが、七十余点もの、これだけの地元美術作家から愛されている谷口先生は、やはり、凄い人だと思うのです。しかも、先生はその時の作品全てを、能古博物館に寄贈されたのでした。美術記者として、坂本繁二郎や青木繁に激しく心を燃やされた若い頃とは、また、違う穏やかで清々(すがすが)しい表情は、いつまでも私の心に残っています。

二〇一二年十一月、先生は福岡市民活動功労賞を受けられました。その時の記念講演でお会いしたのが、先生とのお訣れになるとは思ってもいませんでした。パンフによると先生は「昭和七年広島生まれ」とありましたが、夫は「昭和七年長崎生まれ」で被爆。先生も、先生のご家族も、在京中のお兄様を除き、皆様広島で被爆なさったと伺っております。そう思って、お写真を拝見すると、先生のお顔はとても寂しげに見えます。

夫は、谷口先生が表彰された一カ月後に、一足お先に彼岸へと旅立ちました。絵や書や篆刻(てんこく)が趣味でしたのでお話が合うかも知れません。会われましたらよろしくお伝え下さい。「待っていてね」と。

どうぞ、安らかにお眠り下さい。

合掌

ポツリポツリの谷口さん

土居善胤

谷口さんは、いつも低い声でぽつりぽつりと話される方でした。

芸術、美術に詳しく、特に福岡の美術界のことは、ご自分の秤で、しかと見さだめておられたから、独特のポツリ節に、誰もが耳を傾けたのでしょう。

美術にうとい私には、美術の広辞苑のような、頼みの生き字引でしたから、あれこれずいぶん教えていただきました。

貴方が、天国の美術界に転籍なさってからは、ノックの門が閉じられてうろたえています。

酒興いたれば、談論風発で、谷口節の蘊蓄を聞かされたそうですが、からきし酒の弱かった私には、あまり機会もなく、いつかじっくり碁を打とうの約束もはたさぬまま。

酒仙の谷口さんには、ふれないままに、いつもポツリポツリを清聴するばかり、考えれば、惜しいことでした。

私は、福岡シティ銀行から西日本シティ銀行に継承されている、「博多・北九州に強くなろう」シリーズの司会と編集を初号から担当していますが、美術文化面の語り手として、谷口さんに、洋画の児島善三郎、俳句の河野静雲と小原菁々子、俳句と絵画の野見山朱鳥、彫刻の山崎朝雲と冨永朝堂の貴重なお話をいただきました。

いずれも福岡を土壌に、大輪の花を開かれた方々で、大変な恩恵をいただいたのです。

菁々子と朝堂のお二方は、当時ご健在で、「谷口さんいるな」とよく新聞社をノックされていたそうです。

なんともまぶしい長老キラーで、博多シリーズも、「谷口さんが話し相手な」と、いそいそとかたっていただいたのです。

三国志の曹操は詩文と酒盃を愛しましたが、谷口さんも、片やペン、片やアフター5の酒盃に、浩然の気を養われたのでしょう。

人生の達人である長老たちも、なによりの聞き手であり、心を許せる多感の後輩との一献に、至福のひとときを過ごされたのでしょう。

いつの間にか、俳句にも精進され、ユニークな俳誌、文芸誌の『ばあこうど』を支える代表にも。さすが、菁々子さんの秘蔵っ子でした。

お互いに多田さんのひたむきさに魅かれ、『ばあこうど』の空気になじみましたが、新航海の『六分儀』に、谷口さんの独特なペンと名句を拝せないのは残念です。

言わねばならないことは、整然と話されたが、一語一語確かめての、ぽつりぽつり、ボソボソ調。あまり表には立たないで、終世、地域文化の支援につとめられた。

一言で結べば、含羞の人だったでしょう。

このごろ、私も少しは酒をたしなんでいます。心ゆくまで含羞の谷口さんと、酒盃をかわしたかった。その思いを下手な俳句で結ぶつもりでしたが、痛烈な言葉が返ってきそうで、やめておきましょう。

谷口さん、なんやかや、ありがとうございました。

＊「博多に強くなろう」の芸術文化篇では、谷口さんを支えられた、青木秀大先輩にうかがった「中村研一」「中村琢二」の兄弟画伯、山本巖さんにうかがったユニークな「夢野久作」があります。

断想

稲光勇雄

谷口治達先生が亡くなったのを知ったのは、新聞の訃報欄だった。平成二十五（二〇一三）年二月六日、肺炎にて没。『坂本繁二郎の道』（求龍堂）などの著者があるというもの。我が家は朝日新聞なので、意外と小さな記事だった記憶がある。

谷口先生とは、以前よく福岡市西区の姪浜バス停付近でお見かけした。目礼をかわす程度のものだった。先生は、九州造形短大（福岡市東区）や田川市美術館に勤めてあった頃、自宅のある野方行きのバスを待ってあった。私も長い県立図書館勤務を定年で辞め、地方の図書館に勤めており、同じ方向の石丸行きを待っていた。お互いに福岡市の西区から、わりに遠方へのオジさん通勤だったので、疲れるだろう（しかも私より九歳も年長）と同情した。

しかし、いつも穏やかで優しい表情で、静かな、余り目立つのは嫌いな性格とお見受けしたものだ。

美術評論家としての業績や著述などは、さておき、既にご存知の方もあると思うが、私は、また別の面から、谷口さんの姿を偲んでみたい。

それは、何故か関心が深かった俳句と、少年時の忘られぬ体験のことである。

俳句との出合い

先生は、俳句雑誌『ばあこうど』に、二号（平成十四年春）から、エッセイと俳句を寄稿され、第五号（平成十五年冬）から代表となられた。その巻頭、「ごあいさつ」での一節、「俳句との縁は存外に深く、少年時代、父が『ホトトギス』に投句し私に俳句作りを教えてくれた記憶がありますし、兄は今も広島で俳句を作っています」。

俳誌『冬野』主宰の小原菁々子先生との出合いで、河野静雲先生や周辺の人々との付き合いも始められる。

特に、菁々子氏とは『西日本歳時記』を手伝い、聞書『俳諧求道』を書き、俳諧の旅にも、何度も同行されている。

平成十二年「俳句と絵画　野見山朱鳥の世界展」では、実行委員会会長として活躍される。そして平成十四年の冬、小原菁々子遺文集『花鳥佛心』の刊行にも尽力された。

白梅の記憶（第六号、二〇〇六年夏）

先生は昭和七（一九三二）年、広島市（富士見町通り）生まれ、昭和二十年八月六日、広島に原爆が落とされた時、十二歳であった。ある時、上京し、湯島天神まで、散歩したときのこと。本郷東京大学への通学、西日本新聞東京支社時代などを思い、咲いていた湯島の白梅から、亡き父のことを回想される。

戦争も末期の頃、広島の自宅から二度にわたって疎開される。本通りから富士見町二丁目、そして北郊にも家を借りられる。

二丁目に防空壕を掘ってもらったが、工事の時、丁度白い花をつけていた梅樹を父が、「その木はできるだけ残してくれ」と言ったのを覚えている。

原爆の数日前から父母、姉と私はこの家（梅の木のある二丁目の家）に戻っていた。

昭和二十年八月六日、朝少し前、防空壕のある庭に面した廊下の籐椅子に座って新聞を読んでいる父の姿を見て私は中学校へ登校した。心なしか父は元気がなく白髪が目についた。後で思うと戦局不利、体調不良、それに生涯かけて建てた家も建物疎開で崩され、気力をそがれていたのではないか。庭の隅で梅の木は緑の葉をいっぱいつけていた筈である。私の登校の三、四十分後、原爆が閃いた。父は同じ姿のまゝではなかったか。防空壕はすさまじい爆風で一瞬潰れたことだろう。

この号での一句。

梅の香に思ひ出したる父のこと　（春寒し）より

ほかの句を拾うと、

憂愁を知らぬ気に咲く秋桜
瓦礫より這ひ出し日いつぞ古稀の秋　（富士見町、古稀迎ふ）より
春雷や遠き日の原爆（ピカ）よみがへり
春雷やB・29群さながらに　（春雷）より

『ばあこうど』は、誌名を変えて復刊するという。

谷口先生も、喜んでくださっていることだろう。

長い間、お疲れ様でした。地上では、天災、人災頻りです。

天国では、ゆっくり休んで、仲間の人とお好きだった酒を酌み交わし、俳句作りを楽しんでください。

谷口治達先生とのおもいで

石山　勲

谷口治達先生（以下、先生と略す）と文芸分野の門外漢である小生との接点は、奇しくも県立図書館と野見山朱鳥の二つにあった。

小生が同館の郷土資料課在勤時、恒例の曝書（字義は日干しだが、実際は蔵書や資料類の整理・点検作業）の折に、タイトルに惹かれて朱鳥の自刻自摺木版画（『天馬』第二版画集、一九六二年）を納めた白い紙箱の蓋を偶然開けたことが始まりであった。

同僚の多田孝枝さんにお聞きしたところ、朱鳥の絵画作品や資料類などが多数ひふみ夫人の手許に遺されているとのことで、早速業務の一環としての郷土資料調査を思いたった次第であった。

かくて、一九九九（平成十一）年五月二十一日（金）、先生に御同道いただき、直方市の野見山家への訪問調査が実現した（谷口「赤い炎の俳人朱鳥」、野見山ひふみ「抽出しの絵」、拙稿「野見山朱鳥と会津八一」『野見山朱鳥　愁絶の火』（海鳥社、一九九九年）所収）。

恥ずかしながら、眼前に次々と運び出される絵画類に圧倒されてしまい、肝腎な当日の先生の言動については、全く記憶が無い。

ともあれ、先生の御記憶には留めていただいたようで、お招きにより、野見山家訪問直後の同年六月十四日（月）に、九州造形短期大学一年生の芸術学の授業の一コマとして、「装飾古墳について」なる演題で特別講演を行った。

簡にして要を得た当該講演の紹介記事は、先生の装飾古墳観の一端が垣間見えて貴重と思えるので、以下に一部を御紹介する。

「……装飾古墳とは古墳内部に彩色壁画が施されたものだが、具象性を帯びたものから抽象文様までいろいろ。古代の呪術的意味が強いとされるが、また一面日本絵画の始まりともとれる。……（担当谷口）」（「九州造形短期大学広報」52、一九九九年十一月一日）

講演の前後には、学長室で御茶をいただいた（と思う）が、緊張していたせいか、何が話題となったかは、やはり思い出せない。

ただ、小生が日頃接しているどこかに抜けた観（？）を漂わせている考古系の諸先生とは異なり、先生の精悍な表情と隙のない身嗜みとが強く印象に残り、さすが美術系の先生は違う、と感じ入った記憶がある。

五月の訪問を契機とし、関係者の御尽力により、翌二〇〇〇（平成十二）年一月三十一日（月）〜二月六日（日）まで、「アクロス福岡」で、「俳句と絵画　野見山朱鳥　没後30年記念」が開催されるに至った（前掲『野見山朱鳥　愁絶の火』。その翌年に、「遺族が先日……直方市に油絵などの遺作を寄贈した」（「西日本新聞」二〇〇一年六月十五日付）という）。

期間中の二月三日（木）の十八時から十九時まで、「炭坑（やま）の町から　朱鳥の絵画」と題した座談会が開催され、谷口・長谷川陽三（洋画家）両先生に連なり三席目を埋めさせていただいた。分野が違い過ぎると小生は当然固辞したが、最後は多田さんに拝み倒されもして登壇せざるを得なかった（女性畏るべし）。

手許に残る小生のメモに拠れば、朱鳥の抽象木版画と王塚古墳の壁画文様との関連などについて発言を予定していたが、当日は針の筵に只管座して両先生のお話を拝聴していたに過ぎず、思い返す度に冷や汗が流れる。

要するに、先生とのお付き合いは、それも一年足らずの極めて限られた期間、それも僅か三回同席の機会があっただけ、が実際であった。

このように、直接お話しする機会にこそ恵まれなかったが、先生の御著書からは大いに学ばせていただいた。

特に、県立図書館三階にある郷土資料室に架蔵されていた『冨永朝堂聞書　彫心澄明』（西日本新聞社、一九八三（昭和五八）年）や『小原菁々子聞書　俳諧求道』（同社、一九八九（平成元）年）などを、繰り返し紐解いた。

それらは、ジャーナリスト出身らしい丹念な取材に裏打ちされており、〝聞き出しの名手〟とでもいうべき先生の面目躍如といえる労作で、佛心寺など現地探訪の折には必ず当該箇所のコピーを持参して参照に努めた。

また、先生の緻密な観察眼に裏打ちされた直感力は、「私は朱鳥が真に進みたかった道は画業であって、俳句は代償的進路だったのではと思った。俳句における天才的業績からすると、そんな言い方は俳壇の方々に失礼に当たるかもしれないのだが」（前掲「赤い炎の俳人朱鳥」）との記述が雄弁に物語っている。

『六分儀』と改題して再出発される由、先生もさぞや泉下でお慶びのことと存じます。いったんは固辞しかけましたが、編集室諸氏の御尽力に敬意を表しつつ、今回もまた多田さんに〝押し切られた〟ことを嬉しく思っている次第です。

心情と感性

丸林宏昭

谷口治達先生と初めてお会いしたのは、往時、西日本新聞社の青木秀社長室で、名刺交換をさせて頂いた折、谷口先生が文化部長の頃でした。以来、西日本新聞社主催の各種展覧会での仕事を通じ、また出版物の仕事でもご一緒させて頂き、その後、食事などにも誘われるようになり、展覧会の図録、告知ポスターなどの制作について勉強させて頂いたものです。

先生は、作家の作品を色と形だけで見てはいけない、作家個人の心情と感性を見出して撮影し、図録作りをしなさい、と。また、図録を作る時には、色の心象、造形をしっかり考えてデザインし制作することが一番大事だ、と教示してくださいました。私は生涯このお言葉を忘れず、印刷の仕事をしてまいります、と胸に刻みました。

それまで年に一、二回位の作品づくりだったのが、月に二、三回へと増加し忙しい毎日を過ごすこととなります。各美術館の評価も徐々に高くなり、各種展覧会の指名受注も増加していきました。その結果、五つの美術館のオープンに参加させて頂く機会にも恵まれました。オランダ村美術館のオープンも、実績が認められ企画の段階から参加。その後、ハウステンボス美術館のオープン用図録、告知ポスター、チラシの全国配布にも参加。石橋美術館開館四十周年記念と別館オープン事業にも、ビデオ作りから企画・印刷・制作まで参加することができました。福岡県立美術館オープン、熊本の島田美術館開館記念にも参加させて頂きました。

私の印刷人生は、まさに美術館との関わりの中で充実したものとなりました。谷口先生のご教示とお力添えがなければ、千冊以上の図録、画集、彫刻の作品づくりの機会はなかったものと確信しております。

そして、多田さんの企画で、アクロス福岡交流ギャラリーでの「俳句と絵画　野見山朱鳥の世界展」に実行委員として、ポスター、チラシ、ポストカード、記念図録『愁絶の火』の印刷参加。同様に、谷口先生が寄贈された、財団法人亀陽文庫能古博物館所蔵の「谷口コレクション」を一堂に、「1960〜80年代福岡　美術家たち展」開催時も、図録『画布（カンヴァス）の海へ』収録の全作品の撮影から編集協力、会場設営などに参加。また、先生の聞書『俳諧求道』で知られた福岡の俳人・小原菁々子遺文集『花鳥佛心』の作品撮影にも参加させて頂いたことは、私の一生の中で輝かしい良き思い出のひとこまです。

谷口先生には、個人作家の画集作りの折、度々原稿依頼を願い出て、ご無理をお掛けしたことも忘れ得ません。

私が今日あるのは谷口先生のおかげです。先生との出会いがなければ、仕事だけの希望のない人生を送っていたろうと思います。

谷口治達先生、本当にありがとうございました。

福岡文化の星座

武田芳明

谷口治達先生とは、私がギャラリーを始めた頃、ご紹介頂いたのが初対面で、以来、何かと事あるごとにお世話になりました。

特に、谷口先生を中心とした俳句有志の企画による、アクロス福岡での「俳句と絵画　野見山朱鳥の世界展　没後三十年記念」の際に、実行委員会事務局に加わり、本展（二〇〇〇年一月三十一日〜二月六日）開催に向け、プレゼン展示・即売会（一九九九年十二月六〜十二日）をギャラリーでと依頼され、お手伝いをさせて頂いた折には、少なからぬご縁があったことに気付かされたのでした。というのも、かつて私の亡くなった母の趣味が俳句で、小原菁々子主宰の『冬野』の末席で俳句を詠んでおり、母の句集発刊の際にも、菁々子先生があたたかな序文を寄せてくださいました。その菁々子先生の聞書『俳諧求道』をご執筆されたのが谷口先生であったことを知り、人と人とのつながりが、巡り巡っていつか帰ってくることに、深い感慨を覚えたものでした。

宴席でも、しばしば先生とご一緒させて頂きました。ほろ酔い加減のお話は、ぼそぼそと、何をおっしゃっているのかわからないこともありましたが、その言葉の端々の、キラリと光る知的なウイットを聞き逃すまい、と私は真剣に耳を傾けたものです。周知のとおり先生は文筆の達人で、その著作をひもとけば、坂本繁二郎や青木繁、冨永朝堂の世界を綴られ、聡明でくっきりした文体は読む者を引き付けます。が、それだけでなく、言葉の奥に先生ご自身の芸術へ向けられた情熱の炎を感じずにはいられません。

二〇一三年二月六日、ご逝去以後、私が編集をしている芸術雑誌『ARTing』誌上に、先生への追悼の意を込めて、九州造形短期大学に遺稿転載許可を戴きました。「たくましい求美の心を養おう」という文章で、新学長に就任された先生が、新入生に向けて語られたものを基に綴られたメッセージです。そこに次のような一節がありますので抜粋します。

たとえ造形芸術とは縁遠い仕事についたり生活を送ったとしても、この大学で真剣に学んだ経験を持つ者は、胸中に芸術の美しい魅惑の灯をともしている。何を作っても、その灯が鮮やかに生き生きと手を動かしてくれる。何を考えても、その灯が素晴らしい美を念頭に掲げてくれる。

一見、芸術とは無縁と思える普段の生活の中でこそ、芸術の力は発揮されなければならない、美は人生を輝かせてくれる力だ、そんな意味のことが「求美の心」という言葉に込められているように思われます。

博多湾、能古島（福岡市西区）にある、財団法人亀陽文庫能古博物館に「谷口コレクション」が収蔵されています。谷口先生が西日本新聞社美術記者時代に、福岡で活動されていた親しい画家たちから戴かれた絵画・版画や購入された絵画などで、一九九一年に、私物化するのはもったいないと寄贈された約七十点余の作品群です。往時の福岡美術界の全容とは言わないまでも、一つの側面が見えてくる貴重な作品ばかりだと思います。四月十九日の贈呈式には、小原菁々子先生も同席され祝句を贈られています。

花の島谷口美術蔵したる　菁々子

二〇〇四年秋、俳句雑誌『ばあこうど』同人の提案で、これら作品群の全容を福岡県民が展観できる機会を創ろうと、「1960～80年代福岡　美術家たち展　谷口コレクション」がアクロス福岡交流ギャラリー（二〇〇二年五月二十八日～六月二日）で開催されることとなり、私も実行委員会に協力として関わる機に恵まれました。また、展覧会に併せて図録『画布(カンヴァス)の海へ』が刊行されました。この図録の中で先生は、東京の画商や美術館が取り扱う作品だけが美術ではないことを強調された上で、次のように語られています（抜粋）。

私達の生活の周辺に画家たちが沢山いて、活発に表現し発表し、それに共感したり感想を述べたり、またその画家たちが若い世代、つまり子供たちに描き方や描く楽しさを盛んに教えたりしていることはまさに社会の豊かさではないか。名画のみを評価して、多くの地元作家を無視したり侮蔑したりするのは寂しい態度だ。（略）私は有名無名にかかわらず、懸命に美を求めて努力する姿に心打たれて来たと思っている。

この一節にも「求美の心」が息づいているようです。

この画集制作にあたって私が驚いたことは、短期間で一気に、先生がすべての作品（作家）に丁寧なコメントを執筆されたことでした。その話をした時、「私は部屋の棚に、福岡の作家たちの情報を一人一人きちんとファイルしているんだよ。だから誰かのことを書こうと思えば、棚からすぐにファイルを取り出すことが出来る。それらは全部、私が西日本新聞社在職時代から今日まで、自分の足で歩いて集めた資料ばかりだ。その多くは無名の作家たちだけれど、ひとつひとつが単なる資料以上の親密な交流の思い出であり、私の心の財産と言ってもいい」とおっしゃいました。

そこで、私は想像しました。先生の部屋の中には、有名無名を問わず無数の星たちがいっぱい詰まっている。そこは、いうならば福岡文化の宇宙だ。その宇宙の闇の中で沢山の星々が明滅しながら、様々に姿形を変えては浮かび上がる文化の星座を、先生はいつも楽しんでおられたのではないだろうか……、と。

さて、本誌の名称が『ばあこうど』から『六分儀』に改題されました。『六分儀』とは天体観測のための機具ですが、本誌が、谷口先生の「求美の心」を受け継いで、福岡文化の宇宙を測定し、様々な文化の星座を示してくれる雑誌に成長することを願っています。

碁敵と句敵

酒井大輔

福岡を代表する文化人であった、亡き谷口治達代表より、初めて親しくお声をかけて頂いたのは、定例の句会が始まろうとする、しばしの間であった。「そのうち碁の方もお手合わせしたいですね」というのは、

碁敵のワインを提げくる文化の日　　大輔

私の句に対する挨拶でもあったかと思う。その後、とりとめもなき碁の話となり、そのうち、ぽつりと、「碁と俳句にはどこか共通するところがあり、碁敵という言葉があるように、句敵という言葉があってもいいですね」と、谷口先生が言われた記憶がある。

その後、しばらくして私は福岡を離れ芦屋市に転居したので、谷口先生の洗練された俳句に関するご高説を伺う折もなく、碁を打つ機会もなく終わったのであるが、福岡に居れば、句敵にはなれずとも碁敵ぐらいにはなれたかも知れないという思いがある。

谷口治達代表の在りし日の温顔を思い浮かべながら、心よりご冥福をお祈りする次第です。合掌

〽夕焼け　小焼けの
赤とんぼ
負われて　見たのは
いつの日か

西島雅幸

日曜日はアトリエで一人、カセットから流れてくる童謡を口ずさみながら、童画を描いていた亡き父・西島伊三雄。そのイラストを使用して頂いていた俳句雑誌『ばあこうど』の多田薫さん孝枝さんより「今度新たに『六分儀』と改題して復刊することになりました。又、お父さんのイラストを使用させてください」と、大病をされた方とは思えぬ程の元気な声で、電話を掛けてこられた時は、ほんとうに驚かされ、このエネルギーは一体何だろう！と改めて感心させられました。ほんとうに良かったですネ。おめでとうございます。

私自身、形式的な挨拶や格好つけたコピーなどは、どうも好きになれません。だから年賀状や暑中見舞状などは、どんなにしゃれていても、印刷されただけのものは心が通じ合わないので、後（あと）から見直すことも無く、ちょっとでも添え書きがあれば、大事に持っていて返事を書きます。だから俳句のことは全然解りませんが、五七五調で滑稽味を帯びた歌を作れば、読んでくれるのではと一昨年、佐賀で玉子の生産農場を営んでおられる社長さんに、五七五調で年賀状をお出ししました。丁度フランク永井の「君恋し」がラジオから流れてきたので

玉子食べ　あの人想う　黄味恋し

と書いてお出しすると、とても気に入っていただき「色紙にこの

句を書いてください」と言われたので、ヘタな筆文字で書いて渡すと、沢山の玉子と鶏肉、そして新鮮な野菜がドッサリ送ってきました。これも五七五調の俳句のおかげです。感謝！　感謝！

最近、バブルがはじけたのはお金だけでは無く、一番大事な人間の心がはじけたのではと、よく思うようになりました。だから人々が忘れかけている思いやりや懐かしい情景、美しい日本の言葉、そして日本の四季の素晴らしさを、亡き父のイラストと俳句を通して、読者の方々に感じて頂ければ幸いです。

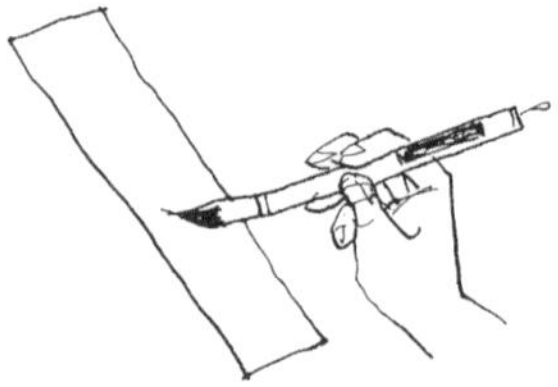

これからの俳誌『六分儀』の益々の発展を心よりお祈り申しあげます。

六分儀　祝い目出度で　手一本！

野に大河

金子兜太

獅子座の南六分儀座に君等あり
青春の「十五年戦争」釣瓶落し
秋光の伊勢一宮笑顔かな
野に大河人笑うなりお正月
死と言わず他界と言いて寒九郎

源義死す

角川春樹

透明な死は晩秋の海の色
秋晴れのかの秋晴れに源義死す
ゆく秋や父なき後も書斎の灯
此の道の例へば後の月の駅
光陰のわれを過ぎにし野分かな

子蓑虫

後藤比奈夫

子蓑虫けさ新調の花衣
子蓑虫着てみたかりし隠れ蓑
或夜ふと父母の夢見し子蓑虫
糸伸ばしふらここ遊び子蓑虫
六分儀据ゑ俳諧の星月夜

水の星

稲畑廣太郎

水の星水の都の水の秋

命三つ四つ五つ六つ秋の蟬

黒々と二百十日の水面かな

震災忌今に語りて川広し

秋風を器用に捌く川鵜かな

松島

坊城俊樹

松島と入道雲と松島と
案山子また伊達の男でありしかな
ひとめぼれして嫁ぎきて早稲を刈る
秋の虹がらんどうなる虹の上を
わだつみの命へ架けて秋の虹

天命

星野高士

人招く揺れを残して野紺菊
初鴨のつかず離れず夫婦岩
悼谷口治達
能古島の画布（カンヴァス）の海思ふ秋
林檎置く卓に余計なものはなし
再刊は天命として神渡

あらたまの

七田谷まりうす

あらたまの年の始めの六分儀
カザルスを聴きし火照りと凍て星と
戦後七十年の歳月重ね冬稲妻
氷晶まれにスワロフスキーのダイヤかと
鉄兜ほどの頭蓋や青邨忌

秋風

山本素竹

昼の虫昼の暗さのあるところ
ひとつづつ何確かめて秋の蝶
秋天の雲より上にある青さ
秋の蝶ふたつもつれるとき空へ
声と声遠く離れて残る虫

遷宮

坊城中子

秋日射す伊勢神宮の杜を歩す
遷宮の祭へ日和定まりぬ
伊勢の杜辿る参道秋深し
木蔭には木蔭の秋の風生まれ
一枚の田に親と子の案山子かな

ポルトガル讃

宮坂静生

ジャカランダ充つジャム好きなポルト人
コインブラ大学金亀子（こがねむし）碧き
わが貌を廃墟の井戸に曝す夏
天上に甕あり霧のロカ岬
羅の雨のごとしよファド芸人（ながし）

金芒

星野椿

秋晴やすらりとヨット帆を上げし
流鏑馬の一の矢二の矢露とばし
金芒ゆらしてをりし宮太鼓
漁火に良夜の波の立上る
毒茸踏んで大草原の昼

秋の村雨

茨木和生

神語りして初秋の望迎ふ
敗れたる御帝思へば星流る
吹けば飛ぶやうなるちつち蟬の殻
明智越え秋の村雨受けにけり
神饌にせむ深吉野の落鰻

航跡

寺井谷子

新しき海図を開く秋の夜
秋高し母の岬へ水脈残す
秋天や母の岬のまだ見えて
秋光や航跡の生む浪頭
颪も光も強きを佳しと秋の航

沼の音

河野美奇

枯れ尽すものの中より冬の蝶
判じやうなき枯草でありにけり
冬ざれやこの閘門も動きし日
どつと鴨翔ちては戻り来る渚
枯蔓を引きて翔たせし沼の音

秋の晴

本井　英

着ぐるみの中は知り人秋の晴
水引の花の刃毀れいたいたし
茶の花や地に近く咲き地へ帰る
茸見下ろし食べられさうでも不味さう
咲けるものなほありながら草紅葉

愛はうたふ

筑紫磐井

父が逝き母が逝くとき露真白
姉の方が歌つてみせる尾花かな
せつせつせつと雪は身内を遠くせり
我が時代　汝(なれ)が時代に重ねみる
生涯に逢へない　愛はうたふもの

灯籠流し

湯川　雅

流灯会此岸の闇に紛れ待つ
戻らんとする流灯に波送る
流灯の混み合ふ闇を相渋る
流灯の渋れば沖を指す水棹
灯籠を流せば星に星無き夜

五句

岸本尚毅

孑孑を大きくしたるやうな虫

我が心砂の如しや道をしへ

裸の子ただ眠たげにものを食ふ

風を得し物のひびきや盆も過ぎ

空蟬が家にも付いて秋の蟬

深秋

上田日差子

言霊のこぼるる破れ芭蕉かな

城跡といふも原つぱ秋日傘

待ちぼうけしたる山雲白秋忌

吾亦紅風の子となる頭数

火恋し積んで賢治の童話集

火恋し

大高　翔

まつさきに露けき庭へ連れ出せり
秋草の奔放に誇らしげなる
虫の音に足をとられて草に寄る
揺れるにも飽きたる風情山ぶだう
火恋し触れてはならぬものばかり

たうらう

山下しげ人

かまきりの元気全身草の色
蟷螂の枯れはじめたる歩みかな
蟷螂の背ナに枯れ色奔りけり
蟷螂の枯れて無用となりし翅
合掌の枯蟷螂となりにけり

肋骨

堀本裕樹

その裏に無音ひろがる虫の闇
肋骨に沿うて秋思の去りにけり
星座みな知るごとく佇つ案山子かな
水澄みてこころの底の小石見ゆ
ゆかりなき把手の数や秋の暮

一隅

福本弘明

走らねば秋の蛍がついてくる
もうひと花咲かすつもりの雁来紅
一隅をただひたすらに石蕗の花
極月や佐賀鍋島の猫を借る
慶賀とはたとえば庭の熟柿かな

太陽系に暮らす

上迫和海

吾は書に蜻蛉は水にある日かな

銀漢や取り出したるはハーモニカ

秋めくややややこまめなる掃除して

夕月や二勝二敗で帰る囲碁

月の宴和のもろもろとマリネ二種

仏蘭西

木暮陶句郎

晩夏光パリの少女は大人びて
カフェで読むモード雑誌や避暑夫人
星月夜バカラの底に集めつつ
南瓜切るをんなの力使ひきり
霧冷えの指と思へばいとほしく

床の下

髙柳克弘

蜜柑山眩しきままに日は沈み

前妻を罵る後妻籠の桃

秋風や床の下なる蚰蜒蜈蚣

露けさの宇宙図鑑の尺度かな

漂泊の果の帰郷や蜜柑剝く

秋のあしおと

保坂リエ

耳朶が初秋の風を聞いてをり
吾亦紅紅を固めてはみ出さず
言質といふうそ寒きものがあり
秋深し人肌ほどの白湯甘し
死のはなし墓の話も露けしや

姥捨の月

岸本マチ子

晩夏いま焼きたてパンのごとくあり
やや寒の指のかなしみ揉みほぐす
くわうと鳴く鶴の一声妻呼ぶか
この怒りひたすら冬の雷となる
姥捨の月にくっきり母がいて

火の恋し

野見山ひふみ

天平の金の露けき盧舎那仏
埋め戻す鴻臚館跡鳥渡る
澄む秋の何に手をのべ巫女埴輪
勾玉を彫る端渓に秋気満つ
悲しみに触れぬ邂逅火の恋し

神の留守

林　加寸美

色得つつ球太りつつ式部の実
眠りたき耳のどこかに残る虫
木の葉髪染めて余命は考へず
人数に部屋広すぎる夜寒かな
御嶽の収束いまだ神の留守

天上の

あざ蓉子

春の朝幼稚園児の声の咲く
今生の母の素足や影をもつ
そしてまた少女のうしろヒヤシンス
じゃんけんのうしろの方から赤トンボ
天上の母へ新米告げようか

秋

中杉隆世

失ひし刻を涼しく思ひをり
椅子の上に秋が坐つてをりにけり
秋の翳飛べるものにもありにけり
嬬恋に死すと思へば爽やかに
この村に未だ馴染まず日向ぼこ

つれづれに

秦　夕美

背の子をちとうごかせる蜻蛉かな
ちゝろ鳴くあれは冥府の道案内
決意また色なき風にまぎれけり
生も死も多様がよろし蓼の花
雁や描けば相似る波頭

群像

奥坂まや

秋天の太鼓晴とぞ云ふべかり
群像の口みな叫ぶカンナかな
十月や汽笛は空を深うせる
稔り田にへリコプターの影鋭かり
ブラックホール内蔵の空蚯蚓鳴く

手紙

櫂　未知子

旅に似る一日や柿の木には柿
かりがねや父の手紙の美しく
撫物を撫でては秋を惜しみけり
ゆつくりと指老いはじめ今朝の冬
おほぞらや雪の匂ひの六分儀

軍艦島〈三菱端島炭鉱〉

岸原清行

野分波軍艦島は航（ゆ）く如し

鰯雲波の底より石炭（すみ）掘りし

三代を石炭掘りし島鳥渡る

銀漢や炭坑（やま）の男は散りぢりに

高層の廃校に充つ秋のこゑ

釦

鴇田智哉

つきしろの来てゐる土がこれですよ
柘榴から硬貨の出づる夜の国
すさまじく首へ釦の並ぶ服
蓑虫を自分の鼻のやうに見る
ぺしやんこの鶏に星月夜かな

詩に倦めば

神野紗希

茎傾きて鶏頭の死が近し

小さきまま乾びしひとつ糸瓜棚

輪郭は白太陽も秋の蚊も

零れざる露の力よ子規の庭

詩に倦めば絵筆をとりて渡り鳥

俳諧とや

谷口慎也

いっぺんに言葉使って花の冷え
大揚羽柱を嗅いで出でゆけり
空蟬によく響くなり空爆は
花茣蓙の分だけ空をいたゞきぬ
爪切りの爪のよく飛ぶ十三夜

老盞

緒方敬

遠ざかる庵や心のばつたんこ
木洩れ日に水引草に羞恥あり
水引草ひとすぢの塵けむりけり
色変えぬ松やバイバイする老女
流木に今の今生秋深む

燕去る

田代朝子

今年また初蟬のこゑ鷗外忌

秋立つや笑ふほかなき物忘れ

盆棚に六弥太句集灯をともす

踏み込んでしぶきの如き飛蝗(ばった)かな

燕去るけふもの言はぬ響灘

家人留守

内田麻衣子

家人留守いぬの鎖の長き秋

釣瓶落としジャコメッティの幽(かそけ)き四肢

芋坂の啼かぬ黒猫夢二の忌

モノクロの胎児ほほ杖柚子黄ばむ

天井のまなこ下がり目古毛布

猫のゐる島

恒成美代子

島山にひぐらしのこゑ澄み透り乳房求めてまつはる子猫

その乳房をしばしあたへて眼をとぢる母猫の顔ゆめ見るやうな

萩叢の奥へ奥へと親猫は子猫従へあゆみ行きつも

四匹の子猫に四つの幸不幸ゆめの淵瀬の猫のゐる島

ゆふかげにトンビは大きな輪を描き猫の会議を見下ろしゐるや

ファミリー

内藤賢司

これの世にいのちもちたるファミリーが川辺の蛍ほーほーと呼ぶ

父の座にすわればかたちとといてわがファミリーの夕餉始まる

それぞれの家族のもとにやってきて運動会の子らは飯食う

あのねあのねが半分近くはあるだろう孫（ソラ）の話を乗せた三輪車（りんりん）

コオロギの声を聴きつつ降りてゆく階段、コーヒーのあるところまで

ケイトウの見栄

龍　秀美

栄養不良のケイトウがヒョロヒョロと伸びて
2メートルを越してしまった
赤味の足りない花穂が4、5本　所在なげにゆれている
——なんでこんなに伸びたのかねぇ
と見上げながら私が言うと　オヤジさんが
——垣根のそばだからだ！
という
——えっ　なんで？

――垣根の木が伸びているから　つられて伸びたんだ
こっち側ならきっと伸びとらんぞ
と垣根の低い一角を指す

ケイトウにも競争心があるのか!?
みんながこれくらいの背丈はあるから
自分も伸びなきゃならないという
ケイトウにも見栄があるんだろうか
苦しかろうな
できるだけ　比べられるところには近寄らない
そんな生き方もあるが

遅れる雨の

渡辺玄英

ひろったビニール傘に（道端で
白い柄をふと見ると
なぜか自分の名前が書かれている
うすくかすれて
（記憶にない　忘れもの
ふるい地層からにじみ出るように
突然に雨が降りだしたときには

すでに雨に濡れている
ぼくのものでない　ぼくの名前を
手にするべきか捨てるべきか
（みんなが白いマスクをつけている（目は黒い

今の空（イマソラ
と呟いて　これはイマのソラ？
傘の下にいるのは（おくれているヒト
いったいいつのぼくなのか（おくれている
知らない人が歩いている（白いマスクの
だれかが虹を見た（ぼくは知らない

この国に未来はあるか。

中屋敷　宏

無責任の横行

福島原発事故からもう四年を迎えようとしている。しかし事故にかかわる問題は何一つ解決されていない。チェルノブィリを上廻る世界最大の原発事故であると言うのにである。第一に事故の原因が究明されていない。原発事故の責任者は誰一人としてその責任を追及されていない。この事は非常に重要である。

犯罪者への責任追及は、モラルとしても最低の条件である。事故を起した原発を廃炉にする目処も全く立っていない。それどころか汚染水処理もできず、現在お手上げの状態にある。原発事故のため故郷を追われ異郷で仮住まいをしている人は十数万人にも上る。その中で不安定な生活が原因で病死した人は数百人にもなる。自殺者も数多く出ている。このような原発事故の被害者の生活再建のためには何一つ有効な対策は講じられていない。

このように原発事故にかかわる一切の問題を放置したまま、原発の再稼動だけは急がれている。時あたかも御嶽山は誰一人として予測した人もいなかった中で突然噴火し、阿蘇山も噴火した。地震学者が日本の火山は活動期に入ったと警告するにもかかわらず、桜島という大火山の下にある川内原発の再稼動は目前に迫っている。こうなるともう愚かと言うよりも狂気と言う以外にはない。もし政治家に日本国民の生命に対する責任感があるとすれば、決してこのような政策は実施することはできないはずである。ここに見れるのは国民への無責任、そして経済界への限りなき忠誠である。政治の腐敗以外の何物もそこに見ることはできないのである。

日本の政治は現在腐敗の極地に達している。これ程まで国民への責任感を失った政治は、これまでの日本にはなかった。だがこの政治の堕落と腐敗に大きく手を貸したのが、われわれ国民であることも、決して忘れてはならないのである。この原稿が活字になる頃には総選挙の結果は判明しているはずだが、恐らくそこで見るのは、この無責任政治を積重ねてきた政党の内閣であろう。われわれ国民がこの政治の無責任を許容し、それを支えているのである。政治と国民、ともに無責任と腐敗においては共通した意識を共有しているのである。ではこの意識の本体とは一体何であろうか。

無責任意識の本体

政治と国民がともに共有している無責任意識の底流にあるものは、徹底した自己中心主義のエゴイズムの精神である。ある経済学者が現代日本を覆っている風潮を「今だけ、金だけ、自分だけ」という短い言葉に要約しているが、これは見事に現在の時代精神の核心をついている。あらゆる人間の関心が自分だけに収縮してしまっているのである。自分だけにしか関心がないから他人が見えない。社会や政治となるともう遠い世界である。所がこの消費社会はこの「自分」を次から次へと誘惑する。金さえ持てば何事も可能になるという幻想を抱かせる。興味はこの幻想を現実化することに集中される。その結果がどうなるか、その先に何かあるか、そんなことは問題ではないのだ。「今だけ」が問題なのである。

国民大衆が自分に関心を集中させて刹那(せつな)的に生きてくれることは、政治にとってはこれ程に望ましいことはないのである。自分の利権を漁り、自分の地位を守ることに専念する。その結果が国の方向を大きく誤り、国民生活を追いつめることであっても、そのことを真剣には考えない。むしろ適当に国民を騙す口実をさがすことに力を注ぐ。国民は自分に関心を集中させているので、大した批判も浴びない。相変らずの無責任政治というわけである。

上から下まで「自分」と「金」と「今」だけに熱中している。このような社会全体の風潮が福島原発事故対策に見られる巨大な「社会的無責任」となって現象しているのである。このような国にはもう何の未来もないであろう。自己中心のエゴイズムの精神の上に為された一切の行動は、決して真の人間的意味における未来を生みだすことはないからである。このエゴイズムの精神を変革することで、日本を覆っているこの無責任の風潮を次第に取り除いていかねばならないのである。この事業こそが日本に未来を拓くのである。

何から始めるべきか。

徹底した自己中心主義の精神を変革することは、決して難しいことではない。人間存在の原点の精神に回帰することである。人間に対して愛情を持つ、隣人とは協力の精神を持つ、社会に対して責任感を持つ、そして何よりも大切なことは不正や虚偽を許さぬ正義感を持つことである。このような精神は古来日本人は持ち続けてきた。所が繁栄の時代とやらがやって来たため、浮かれてしまって忘れてしまっているだけである。この忘れてしまっていた精神を再び思い返すことである。そうすれば、これまで見えなかったものが見えてくる。この世の頽廃や政治の腐敗が鮮明に見えてくるようになるのである。強い正義感の持主ならば、何かの行動も出てくるかもしれない。

私一人が、と反論されそうであるが、私一人こそが出発点なのである。その私一人が次々と増えていく。

すると世の中に何かこれまでになかった風潮が生み出されてくる。そしてこの社会的風潮が揺るがぬものとなってくると、国民の動向に敏感な政治家は、自分の方からすり寄ってくることになるだろう。そしてそこに小さな変革の芽が形成されるのである。

自分自身の精神の変革の彼方に、この国の未来を展望する。これこそが現在われわれの前にある課題であろう。

花のある役者の「花」

橘　英哲

もう何年も前の博多座大歌舞伎である。その時の出し物のメインは「壇浦兜軍記」三段目、いわゆる「阿古屋琴責の段」であった。阿古屋は坂東玉三郎。その頃はまだ六代目歌右衛門は元気であったが、歌右衛門以外に阿古屋を演じることができるのは、おそらく玉三郎だけであった。

花道で七三にかかり、いったん桟敷席を向いてゆっくりと中央に向きなおる。観客席にかすかなどよめきがおこり、さざなみのように広がってゆく。いわゆる「じわ」とよばれる現象である。

私はその時の玉三郎の姿に、古風な味わいの歌舞伎の女形の典型を見た気がした。若い頃はその美貌ゆえにしばしば女優的だと評されていたが、いわゆる古典演劇としての歌舞伎の、今では典型的な女形という評価を得ているのである。花のある役者の一人にあげても当然であろう。

このように私たちはごく普通に花という語を褒め言葉として用いるが、それではこの花とはいったいどういう理念を表しているのだろうか。

能楽の大成者として知られる世阿弥の伝書に「風姿花伝」というのがある。大方は父親の観阿弥の遺訓を伝えたものといわれているが、能における花という理念について詳しく説かれている。

私がこの書にであったのは、高校何年生だったかの古典の教科書であった。最初の章「年来稽古条々」が掲出されていたが、私はなぜか不思議に心ひかれていた。大学に入り、岩波文庫で全文を読んだ。

話はかわるが、この書の序文の最後に次のような文が出てくる。

稽古は強かれ、情識はなかれとなり。

稽古はきびしくたゆみなく、よい意見には耳をかたむけ、ひとりよがりになるな。というほどの意味であろうが、私はこの情識という語に子どもの頃聞き覚えがあった。目上の人に逆らうと、「じょうしきをするな」とよく叱られたものだったのである。今ではほとんど使われることのない博多方言であるが、ここに語源があったと鬼の首でもとったような気になったのである。意外に博多言葉はそのかみの京言葉と直結しているのだと。私が知らないだけだったのかもしれないが、嬉しい発見であった。

さて世阿弥の説く能楽の花とは、作品の面白さと役者の見せる演技の力と、そして舞台に展開する演出の妙と、それらをあわせた理念といってよいものと思われる。

最初の稽古の条々の章では「時分の花」「当座の花」「まことの花」などの語がでてくる。若い役者の新鮮な魅力から生まれる一時的な花と、真の実力から生まれる花との二通りの花がまず説かれる。

若く新鮮な華やかさも花なのだが、まことの花について世阿弥は稽古の条々の末、五十有余の部分で父親観阿弥についてだが次のようにしるしている。

これ、まことに得たりし花なるがゆゑに、能は枝葉も少なく、老木になるまで、花は散らで残りしなり。これ、目のあたり、老骨に残りし花の証拠なり。

永い修練のはてに身に得た、老骨になってもついに消えない花がまことの花なのだというのである。私は「風姿花伝」のもう一つの魅力は、この書が人生の指針としての意義を持っているということだと思っている。老木に花が咲く、むづかしくそして理想的な年の取り方ではないか。

「花伝第七別紙口伝」というこの書の最終章で世阿弥はさらにこういう。

そもそも花といふに、万木千草において、四季折節に咲くものなれば、その時を得て珍しきゆゑにもてあそぶなり。申楽も、人の心に珍しきと知るところ、すなはち面白き心なり。花と面白きと珍しきと、これ三つは同じ心なり。いづれの花か散らで残るべき。散るゆゑによりて咲くころあれば、珍しきなり。

観客が珍しいと思う、その心のはたらきが面白いということになる。花は四季折節に咲く時を待って咲くので賞翫される。散るゆえに咲く、それが珍しいということになり、花と例えた理由なのだといっているのである。

さらにその後の部分では、

「珍しいといっても、世にないような珍奇な芸能をさすのではない。花も四季折節に咲く花のほかに珍しい花があるのではない。季節に応じてその時々に咲くからこそ賞翫されるのだ。能もレパートリーを多く持ち、観客の好みに応じて演ずれば、自然の花と同じように喜んでもらえる」

という意味の文を続けている。

どこにでもある花だが、一年に一度春になって咲くからこそ桜は喜ばれるのである。造花の桜で花見をする人はいない。

結局、能楽における花とは、演じる側とそれを受ける観客の、面白いと思う心のはたらきがあいまって、舞台に展開する興趣ということになる。そのための工夫が世阿弥の説く花の論なのである。

江戸時代の末、安永五年（一七七六）に出版された「役者論語」は元禄の頃の歌舞伎役者の芸談をまとめたものであるが、そのなかに芳沢あやめのこういうエピソードがしるされている（あやめくさ）。あやめが天王寺に立花の会（今の生け花の会）を見に行った時、ほかの見物人は盛りの梅の花は珍しくないといって、見たことのない珍花を愛でていたが、あやめは梅の花に心をとめ、ありふれた花を上手に仕立てた姿に感じ入った。

時代はくだるが中世の世阿弥の理念が引き継がれていることがよくわかる。

冒頭の玉三郎にもどる。その後「阿古屋琴責の段」が上演されたというニュースを聞かない。次の上演がいつなのかまったくわからない。誰が演じるのかもわからないが、その時こそ、珍しさも含んだまことの花が見られることであろう。

風姿花伝原文は「世阿弥芸術論集」新潮日本古典集成によった。訳注も同書を参考にした。
役者論語は「役者論語評註」今尾哲也著　玉川大学出版部を参考にした。

虚子の俳句

坊城俊樹

一九九九年八月七日、坊城俊樹先生を福岡にお迎えし、アクロス福岡（福岡市）において、「虚子の俳句」というテーマで福岡市初の講演をして頂きました。当日は定員を超え満席、立ち見の活況を呈し、また講演に先駆け、八月五日付「西日本新聞」朝刊に、俊樹先生のご寄稿「高濱虚子と銀河」が大きく掲載されました（記事は、俳句雑誌『ばあこうど』第3号に抜粋転載）。

ここに、講演会当日配布したレジュメ（十七枚）より、抜粋させて頂きます。

高濱虚子　たかはま・きょし（本名・清）

明治七年二月二十二日、愛媛県松山市長町生まれ。

池内家の五人兄弟の末子に生まれるが祖母方の高濱姓を継いだ。池内家は能楽の家として知られる。

智環小学校、愛媛県第一中学、松山高等小学校、愛媛県伊予尋常中学と変遷し河東碧梧桐と出会う。

明治二十五年、京都第三高等中学入学。後、碧梧桐とともに仙台第二高校に編入。このころより文学に対する情熱が本格的になってくる。やがてここを退学し東京へ渡り放蕩の暮らしをおくる。当時、虚子らの師である正岡子規はそれを憂いたが俳句に対する情熱を続けるようさかんに説得した。

明治三十年、柳原極堂は虚子らとともに『ほとゝぎす』を創刊。虚子は「国民新聞」俳壇の選者でもあった。

明治三十年六月、大畠いとと結婚。日暮里に移り住んで明治三十一年十月、新生『ホトトギス』の第2巻第1号としてそれを継承した。

やがて明治三十五年九月の子規の死去を境に碧梧桐との間に少しずつ対立の構図があらわれはじめる。そして碧梧桐の「温泉100句」を虚子が批判したことによる碧梧桐の実景主義と虚子の古典的情感主義とのせめぎ合いがはじまる。

このころより虚子は写生文に惹かれ各種文章を『ホトトギス』に掲載し、夏目漱石の「吾輩は猫である」を明治三十八年より連載することとなる。その他には「野分」「坊ちゃん」や寺田寅彦「竜舌蘭」、伊藤左千夫「野菊の墓」など多彩な執筆陣をはることになった。

虚子自身も、写生文として「由比ヶ浜」「湯河原日記」「幻住庵の跡」「影法師」「屠蘇に酔うて」など、そして明治四十年になると小説「風流懺法」「斑鳩物語」などを次々と発表した。明治四十一年、国民新聞の文芸部長となり、「俳諧師」「続俳諧師」「朝鮮」などの執筆にあけくれるも『ホトトギス』の漱石の連載終了とともに経営難におちいる。

当時碧梧桐は俳句の分野において自由律などの新傾向の勢力を作り始め、それを憂えた虚子としても俳壇復帰を果たすべく、大正二年には「春風や闘志いだきて丘に立つ」という句を詠みその意志を現した。

それに遡る明治四十五年に雑詠欄を復活させ俳句雑誌としての復活を目指し、徐々に発行部数も取り戻しつつ『俳句とはどんなものか』『俳句の作りやう』『進むべき俳句の道』などの著作を中心として作家を育成し、渡辺水巴、村上鬼城、飯田蛇笏、原石鼎、前田普羅などの俳人を世に送り出すことになる。

一方虚子は俳句作品としての有季定型の理念を軸に子規の客観主義を継承することで、近代の俳句の流派としての地位を確保してゆく。そして昭和三年に「花鳥諷詠」の説を明らかにする。

その後、水原秋桜子、阿波野青畝、山口誓子、高野素十らの四Sらを輩出するが昭和六年、秋桜子が素十を中心とするその俳句観の相違により『ホトトギス』を脱会し『馬酔木』を主宰するという事態になる。

虚子としては写生の立場にある素十の傾向がより自分に近いものであると論評するが、秋桜子としても「自然の真と文芸上の真」という文章によって反論をした。その結果若手を中心に新興俳句が沸き上がり、再びの有季定型を否定する勢力として俳壇に論争が発生することとなった。

昭和十年代において虚子は花鳥諷詠、客観写生こそが俳句の神髄であるとしてそれを伝統俳句の王道として隆盛をきわめる。しかし一方で秋桜子としての活動も伝統をふまえた人間探求派の排出などにより浸透してゆくこととなる。

昭和十一年二月、虚子は欧州への俳諧伝播の旅に出る。途中、上海、シンガポール、アデン、カイロと来てフランス、ベルギー、オランダ、ドイツ、イギリスと巡り各地で講演をし、クシュー、ヴォカンスらと懇談するも季題論の部分ですれちがいに終わる。詳細は『渡仏日記』に収蔵。

昭和十五年、日本俳句作家協会が結成され、その会長に就任。やがてその組織は日本文学報国会俳句部に編成され、その部会長になる。

昭和十九年にもなると戦時色も濃くなり、虚子は長野県小諸市に疎開し「小諸百句」、また小説の「虹」三部作をその時に執筆。昭和二十二年には発表する。

この小説には本会副会長であった故伊藤柏翠本人が、その登場人物として森田愛子と虚子との交流をし、その崇高なる情交の推移を淡々と描写してゆく美しさに、虚子の小説作品の代表的なものの一つとされている。

虚子はその後、鎌倉をその活動の中心として近代以降の俳句界の巨星として活躍し、その歴史的価値は芭蕉時代以降においては子規に次ぐものとして、おそらく日本史の中に銘記されてゆくものと考えられ、昭和二十九年には俳人としては史上初の文化勲章を授与された。

昭和三十四年四月八日自宅にて死去。享年八十五歳。従三位勲一等瑞宝章を賜る。墓は神奈川県鎌倉市の寿福寺にあり、その墓石にはただ「虚子」とのみ書かれ、その横に白童女（早逝した虚子の娘、六(ろく)）と紅童女（同虚子の孫）とともに眠っている。

戒名「虚子庵高吟椿寿居士」。

虚子俳句五十抄（新年・春・夏・秋・冬）

坊城俊樹抄出

去年今年貫く棒の如きもの
大空に羽子の白妙とどまれり
手毬唄かなしきことをうつくしく
やり羽子や油のやうな京言葉
　碧梧桐とはよく親しみ争ひたり
たとふれば独楽のはぢける如くなり
鎌倉を驚かしたる余寒あり
凍蝶の己が魂追うて飛ぶ

紅梅の紅の通へる幹ならん
ものの芽のあらはれ出でし大事かな
春風や闘志いだきて丘に立つ
怒濤岩を嚙む我を神かと朧の夜
ゆらぎ見ゆ百の椿が三百に
亀鳴くや皆愚かなる村のもの
天日のうつりて暗し蝌蚪の水
咲き満ちてこぼるゝ花もなかりけり
海女とても陸こそよけれ桃の花
帚木に影といふものありにけり
眼つむれば若き我あり春の宵
春の山屍をうめて空しかり
白牡丹といふといへども紅ほのか
山国の蝶を荒しと思はずや
蓑虫の父よと鳴きて母もなし
神にませばまこと美はし那智の滝
夏潮の今退く平家亡ぶ時も
明易や花鳥諷詠南無阿弥陀
虹立ちて忽ち君の在る如し

蜘蛛の糸がんぴの花をしぼりたる
風生と死の話して涼しさよ
凡そ天下に去来程の小さき墓に参りけり
風が吹く佛来給ふけはひあり
天の川の下に天智天皇と臣虚子と
虚子一人銀河と共に西へ行く
石ころも露けきものの一つかな
子規逝くや十七日の月明に
金亀虫擲つ闇の深さかな
秋天の下に野菊の花弁欠く
燈台は低く霧笛は峙てり
秋風や眼中のもの皆俳句
桐一葉日当りながら落ちにけり
爛々と昼の星見え菌生え
ふるさとの月の港をよぎるのみ
遠山に日の当りたる枯野かな
流れゆく大根の葉の早さかな
大根を水くしやくしやにして洗ふ
天地の間にほろと時雨かな

鴨の中の一つの鴨を見てゐたり
旗のごとなびく冬日をふと見たり
手で顔を撫づれば鼻の冷たさよ
大空に伸び傾ける冬木かな
冬帝先ず日をなげかけて駒ヶ嶽

（収録にあたり、若干の修正をしました）

ちょっと不愉快なこと

二十四節気の見直し

筑紫磐井

今を去る四年前、ちょっとした事件があったことをご存じだろうか。平成二十三年二月に、日本気象協会が、突然、「日本版二十四節気〜日本気象協会は新しい季節のことばの提案に取り組みます〜」を発表した。「二十四節気は古代中国で成立したため、日本の季節感と合致しないところがあり、現代の日本にはなじみの薄い節気の呼称がある。気象協会は、専門委員会の設置やシンポジウムの開催などを通して、広く一般の方々からのご意見を募集し、平成二十四年秋を目途に日本版二十四節気を提案する予定」なのだという。

これを受けて、同年十二月には「日本版二十四節気専門委員会」第一回が開催された。専門委員会メンバーは、委員長新田尚（元気象庁長官）、委員に安達功（時事通信社）、石井和子（元ＴＢＳアナウンサー）、岡田芳朗（暦の会会長）、梶原しげる（フリーアナウンサー）、片山真人（国立天文台）、長谷川櫂（俳人）、山口仲美（明治大学教授）であった。

また平成二十四年二月には、専門委員の岡田・梶原・長谷川のほかに、気象庁予報官を招いて、気象協会メセナ「季節が薫るひととき」を開催した。岡田芳朗が得々として見直しの必要性を語っていたのが印象的だ。

一方で科学的な調査を名目とするために、すでに前年八月には気象協会が全国四千名を対象に実施した二十四節気に関する認知度調査（楽天リサーチ株式会社協力）を実施していた。相当予算をかけた調査だったようである。当然のことながら、国民はほとんど二十四節気を知らないという回答が集まった。

こうした着々とした動きに、俳人たちから強い抗議がわき起こってきた。多くの新聞や雑誌で反対の意見が表明されたが、反対の頂点を成したのは、折しも七月、長野県小諸市で開かれた「こもろ・日盛俳句祭」でのシンポジウム「私にとって季語とは」（パネラー：気象協会金丸事業課長、俳人は片山由美子、櫂未知子、筑紫磐井、本井英）であった。結局、このシンポジウムに出席した気象協会の担当課長は、「二十四節気の見直しは気象協会という技術集団の素朴な質問から発したもので、広く専門家の意見を徴することとした。その過程で、気象予報の先輩である倉嶋厚氏などいろいろな人から批判もあり、現在は、二十四節気は変えず、解説とか言い添える形で分かりやすくしたい。」と回答している。

その直後、例えば「毎日新聞」では、「〈日本版二十四節気〉俳句界などの反発で解説作りに方針転換」（九月二十七日）というタイトルで、「気象協会は昨年、名称を変更したり、時期をずらしたりすることも視野に入れ、日本版を作成するとホームページなどで公表した。これに対し、一般からも電話がかかるなど批判が殺到。これを受け、二十四節気それぞれに簡潔な解説を付ける方向に変換した。」と報じている。事態は急転直下収束に向いかけた。

ただ、日本気象協会は新しい「季節のことば」にはこだわりつづけ、豪華賞品を付して「季節のことば」の公募を開始し、「季節のことば選考委員会」（日本版二十四節気専門委員会の名称を改称したもの）により「季節のことば36選」を選定した。奇妙なことに、七月は意見が割れて三つに絞りきれず、全体で37となっている。選ばれた「季節のことば」は次のようなものであった。

【春】三月（ひな祭り、なごり雪、おぼろ月）、四月（入学式、花吹雪、春眠）、五月（風薫る、鯉のぼり、

卯の花）
【夏】六月（あじさい、梅雨、蛍舞う）、七月（蟬しぐれ、ひまわり、入道雲、夏休み）、八月（原爆忌〔広島と長崎〕、流れ星、朝顔）
【秋】九月（いわし雲、虫の声、お月見）、十月（紅葉前線、秋祭り、冬支度）、十一月（木枯らし1号、七五三、時雨）
【冬】十二月（冬将軍、クリスマス、除夜の鐘）、一月（初詣、寒稽古、雪おろし）、二月（節分、バレンタインデー、春一番）

俳人が見て、取り立てて驚くようなものはない。ほとんど歳時記に載っているものばかりである。平成二十六年五月、日本気象協会は今までの二十四節気に関する議論をまとめた『季節のことば～「季節のことば36選」と「二十四節気ひとこと解説」～』（全二四九頁）という大冊を刊行した。いまごろ、全国の図書館に寄贈されているはずである。いかにもお上らしい。

私が邪推するところ、新規事業に飢えていた気象協会幹部が、この際新しい二十四節気を作りちょっとした事業を興したいと考えたのが発端のようだ。これに、暦の会会長の岡田芳朗が便乗した、とメセナのシンポジウムでの説明では聞き取れた。俳人の長谷川櫂は見直しにあまり積極的ではなかったようだ。

いずれにしても、変な行政や、便乗する学者によって歴史が歪曲されるのは気持ちよいものではない。しかし、それも俳人自身が、季語は大事といっておきながら、歳時記や季寄せの依って立つ二十四節気に無関心であったとがめではないかと思う。その意味では、いい教訓となったのではなかろうか。

この時、二十四節気騒動にちなみそれを題とした俳句を募集した。その一端をご紹介しよう。珍しい題が多いのでなかなか面白い。

論争の一人がハンサムにて穀雨　池田 澄子
清明やノートに赤き丸ひとつ　小早川忠義
処暑の街シャガールを見て雲を見て　杉山 久子
夏至すでに霞ヶ浦のにほひかな　関 悦史
小満の碁に憤り禿頭　曾根 毅
トラクター売つて歩いて雨水なる　本井 英
霜降や欄干ばかり今戸橋　本井 英

（注）岡田芳朗氏は、平成二十六年十月二十一日に死去されました。

北軽井沢

中杉隆世

北軽井沢は浅間山の北麓にある高原の町である。昔は軽井沢から草津を結ぶ草軽電鉄が走っていて、駅名が「地蔵川」から「北軽井沢」に改められたのは大正時代に法政大学関係者に依って大学村が開かれてからのことである。そこには岩波茂雄、野上弥生子、岸田国士等の著名人が住んだ別荘があり、その後も谷川俊太郎、大江健三郎等の別荘が加わった。「カルメン故郷に帰る」という日本初のカラー映画や「丘を越えて」という流行歌の舞台にされたのもここ北軽井沢であった。

私が此処に山荘を持つようになったのは妻の友人がたまたま北軽井沢の大地主の家に嫁いでいたからで、それは「白樺山荘」や「杣工房」を営むご主人の萩原氏に建てて貰ったものであった。とはいえ、会社勤めの身分では精々連休や盆休に利用するしか無かった。やがて老後はここでという夢を抱いたりもしたが、それも西明石のマンションに住むようになってからはトーンダウンしていった。

二十年以上住み慣れたマンションの「サバービアシティ」は新幹線の止まる西明石駅から徒歩五分と立地条件が良かった。二十一階建の二十階にある四ＬＤＫの我が家からは大阪湾に昇る朝日から瀬戸内海に沈む夕日までが見えた。阪神淡路大震災の際も震源地の北淡町がすぐそこに見えていたが活断層が神戸や六甲方面に向かって動いたため明石川以西の被害は軽微であった。同じ棟の十七階に住む息子は結婚後もそのまま住むことにしたので私達とは所謂スープの冷めない理想的な距離であった。その様子が一変したのは東日本大震災のあと息子が転勤により東京長期在住となったためである。娘は結婚後早くからずっと長崎に住んでいる。八十歳近い私達が西明石に居続けることは不都合に感じられた。この様な状況で私は俳句、妻は磁器絵付と自由に趣味を楽しんで来たのでそれぞれに持物は多かった。いずれ家の処分や持物の整理をするのに会社勤めの息子達には大きな負担を掛けることになる。それに私が脊柱管狭窄症のため歩行が困難になりつつあるという事情があった。

丁度、萩原氏の所有する千七百坪の「小鳥の森」には車椅子を必要とする客用に作られたバリアフリーのバンガローがあり、これを借りることに決めた。ブラジルを含めての十九回目の引っ越しであった。

椅子の上に秋が坐つてをりにけり　　隆世

書斎の物が梱包され持ち出されて机と椅子だけが残った。窓には秋日を浴びた小豆島が見えている。背凭れの高い細身のその椅子は妻から譲られたものであった。コーデュロイの赤い布地で、坐ると心地が良かった。しかし、永年愛用して来た椅子が所在なげに独りぽつねんとしているのは寂しかった。その椅子の上に私は、私でない何者かが坐っているような気がしていた。それが「秋」であるということを実感したとき、初めて俳句で追い求めて来た「実存」というものを見た思いがした。

十一月に山荘から移ったバンガローには小窓の付いたロフトがあり、妻は少女のように喜んだ。「小鳥の森」の周辺は紅葉が始まっており、初めの中は空を舞う落葉の渦に驚いたり、暖炉に焚く榾の火を楽しんだりしたものだ。

この村に未だ馴染まず日向ぼこ　隆世

西明石に居た頃から患っていた脊柱管狭窄症が悪化して来て山道を歩くのが不自由になり軽井沢病院で診察を受けたところ放置出来ない状態であることが判った。二月には明治二十七年以来百二十年ぶりという大雪に見舞われ、背丈を越える積雪により三日間、一歩も外へ出られなくなった。二月下旬、私は最新設備の整った軽井沢病院に入院し整形外科専門の院長直々の手術の成功で彼岸の前日に退院することが出来た。

幸い無事生還出来たが、異常な寒さの冬を体験し、次の冬が上手く越せるか心配であった。妻や息子達の調べで山荘に近いヴィア北軽井沢エルウイングが見つかった。十三階建てのマンションの十一階で眺望が良く窓には浅間山が見え廊下からは草津白根山から日光連山へと続く山々が見晴るかせた。最上階に大浴場があり、ホテル併営なのでレストランやシャトルバスが利用出来るというメリットがあった。フロントもロビーも気に入り思い切ってそこに住むことにした。

北軽井沢で妻と二人の老後の生活が始まった。私は虚子の「極楽の文学」の追体験に夢中である。時折、時間を見つけては妻は明石へ磁器絵付の指導に、私は神戸へ淡水俳句会の指導に出掛けることにしている。石田波郷の句から憧れを抱いた嬬恋村に近い北軽井沢に終の住処を決めることが出来たのは本当に幸せであった。

嬬恋に死すと思へば爽やかに　隆世

吟行って面白い

岸本マチ子

吟行へ行くにも、それなりの心がけというか心づもりが必要なことを、この秋の吟行で嫌という程思い知った。

今回はどうしても行きたかった、古宇利大橋の架かった古宇利島と、クワンソウ畑等。その上九月末のやんばる路は秋晴れの暑い日で、海がワァーと喚声を上げたくなる程美しかった。「よーし、新鮮な季語の摑み取りだあー」などと、男性陣も久しぶりの吟行に大張り切り。

バス一台、ガイドさん付で吟行というより何故か遠足気分。総員二十三名。ごそごそ句帳やペンを取り出す人。次々現われては消えて行く新鮮なねたに目移りする人。さすがに居眠りする人は一人もいなかった。「ねぇえ、古宇利島ってさ、昔沖縄判アダムとイブがいて毎日空から降って来るお餅を食べて生きていたんですってね。」「そう神様だったから」「それが人間臭く物を溜めることや、セックスを覚えたためにお餅が降って来なくなったんですってね」「でもそれで良かったのよ。」「何故?」「わたし達がこうしているじゃない」「だから神の島か」「そう、そういう事」。

馬鹿話をしているうちに、一面のクワンソウ畑に感心し、昼食。いよいよ昼食会場をお借りしての句会となった。二句一組千円、何組でも可ということで始った句会。五句選の結果、驚くべきことが起ったのだ。まず天・地・人を見る。

（天）馬の目にクワンソウとわれ写りけり　大島知子
（地）蟬しぐれ神の声とも挽歌とも　〃
（人）秋天に吊り上げられし水平線　〃
〃　島に来て風つくづくと秋だなぁ　大城あつこ
〃　かんそうを摘みて産後の娘に送る　比嘉陽子

ということで、天・地・人三賞を吟行に初めて参した新人さんが全部攫ってしまったのだ。もとよりこんなことは初めてのことで、全員声もない。やがて嵐のような拍手。と共に大いに反省したことであった。季語の現場でいかに季語と接するか。観察することの面白さをわたし達は忘れてしまっていたのでは、などと。大変勉強になった吟行会であった。

紅葉

山本素竹

俳誌『六分儀』編集長にはまだ会ったことがない。多田薫さん共々「野分会」（汀子先生の句会）に所属しており、名前は存じ上げていたがそれ以上ではなかった。かつての『ばあこうど』には旧知の坊城俊樹さんも寄稿しており、親しく感じていた記憶がある。

六年ほど前になるだろうか。病床に伏しながらの編集長の彼女と、電話やらメールでのお付き合いがしばらく続いた。声などの様子から次第に弱ってきているのは感じていた。終いには代理の方からの連絡となり、しばらくして音信が途絶えた。形見分けのように送られて来た小さいブロンズ像は玄関に飾ってある。

次第に記憶からも薄れ、思い出すこともなくなって久しい今年の秋、突然彼女から電話が掛かってきた。その声を思い出すにもしばらくの時間がかかり、かつての記憶をたどりつつの対応であった。まだ全快ではないとのこと、いつかこちらに会いに来てくれるといった内容だった。なんとも不思議な邂逅心地で、たいした返事もできなかった。ともかくも元気そうで安心した。

そしてしばらくしたある日。『ばあこうど』から『六分儀』に改題し、復刊するという連絡。もとより反対する理由もなく、それは結構なことと応援する気持ちを伝えた。話の終りの方で、その『六分儀』の選者をやってくれないか……、と。突然でしかもどんな内容なのかも想像ができない。もちろんお断りの意思を伝えたのだが、体調もまだ思わしくない女性に繰り返し説得されると、無下に断るのもなんだか冷たい仕打ちにも思え、まあいいか、選句するだけだろうから、「分かりました」と応えた。電話の先の声が弾んだ。女性の笑顔は何よりと思うし、喜んでいただければこちらも幸せになるというものだ。

さて、それから毎日、彼女の声を聞かない日はない。もちろん『六分儀』のことなのだが、私が応えることなどつぶやき程度のものでしかないだろうに、いろいろ相談ともつかず話してくれる。相槌も時に必要だろうし、聞いているだけで役に立つのかも知れない。

驚いたのは復刊記念シンポジウムを行うといい、それに来いという。また、コーディネーターをやれという。まったく乱暴な話。私のことを知っていない。コーディネーターなどという役者ではないのだ。そう何度言っても聞き入れてくれない。仕方なく流れに任せることにしてしまった。やっぱり女性は強い。いや、「かかあ天下」に育った上州男に問題があるのかも知れない。ともかく「うん」と言ったからには後に引くわけにも行かなくなった。

『六分儀』から届いた封筒は、紙質、活字、その色。そのレイアウトも良く吟味されていると感じた。その「六分儀」は活字で印刷されていた。その題字について「筆文字」がいいのではないかと彼女が言うと、図書出版花乱社の別府大悟さんも同感らしい。私は一応書を志すものの端くれとして、出来るだけ良い書が世の中に増えてほしいと活動しているつもりだと話した。「お願いします」と私に依頼が舞い込むことになった。

最近の印刷物などに（関東の、しかも群馬県での話だが）なかなか良い筆文字が見当たらなくなった。良い字と言っても、上手いという意味ではない。個性のある…人間味のある…といったところか。現実にはパソコンから出てくる下品な筆文字風活字が横行している。時々見かける筆文字も決して心地良いものとは思えないが、それを使う制作側のデザイナーに多くは期待できない。若いデザイナーにそんなブレーンはいないし見る目もないのが普通。むしろそれを発注する側に問題があるのだろう。目先の利益が一番の方々に、文字に対する見識など問うのが無理な話だと最近は分かってきた。

また、それに対応できる書家も少ないと思われる。裕福な弟子が値段をつり上げたりしているのでなかなか外から依頼もできない。偉そうで、だめだしなどもってのほかだろうし。依頼者の視点に立つ事も偉そうな先生にはできっこない。もちろん例外もあるだろうが。

さて「六分儀」を書き始める。最初普通の紙に書いていたが、もう少し掠れるものを使ってみようと思う。墨も濃目のものを使う。百枚二百枚とほご紙が周りに嵩となる。体の動きが「六分儀」に慣れてきて、「書」としての完成度は高くなるが何かが足りない。面白くないのだ。純粋なもの、心に感じるようなものが見えて来ない。次第に煮詰まって堂々巡りの気分。書家としての眼が体から抜けていなかったのかも知れない。

幾日かに渡って書いた中からともかく数点を送った。

届いたとの連絡。喜んでいただいている声だが、どうもこちらの気分がすっきりしない。活字と違って「筆文字」は善かれ悪しかれ個性的になる。その印象は俳誌の表情にもなってしまうのだ。電話口で、もっと書いてみると伝えた。

今度は既成概念にとらわれないように気持をととのえる。別の紙「中国の宣紙」を使うことにした。筆も変えてみた。少し酔ってはいたが思ったより気に入ったものがすらすら生まれ、翌日五、六枚送ったろうか。別府さん、そしてデザイナーさんと協議して決めるという話。どの文字が採用されるのか楽しみにしている。

外は秋らしい良い日だ。家人は行楽に出かけた。私はパソコンに向かって原稿を書かなければならない。もう、群馬の山々は紅葉が始まっている。

歴史と個

谷口慎也

半藤一利さんの『昭和史―戦後編』（平凡社刊）に次のような一節があった。

「日本は世界に冠たる国民」なんて顔付はなくなり、人間がぜーんぶ変わってしまって、闇市から突如として生れ出たあんちゃん、おっさん、ばあさんばかりになったという印象である。

これは半藤さん十五歳の時の実感。前段に石川淳の『焼跡のイエス』における「（戦後）闇市」に関する文章を引用してあるが、歴史の一大転換期を、それ以上の実感として鮮やかに表出しているのが右の一文であろう。

だが私はここで、その表現のうまさを云々するのではない。この一文に、歴史と個が交差する（ある意味幸せな）一瞬を見たいと思う。すなわちここには、歴史を相対化する個の眼差し、あるいは個を相対化する歴史――という構図が明確に存在しているのである。歴史と個の交差――多分それは私たちが「明日を生きる」ための大きな目安となり、やがては活力となるに違いないものである。

ところが今はどうだろうか。例えば先の東日本大震災。「核」が絡む歴史的な一大事。これに人々は驚き、悲しみ、自分の無力さ加減を嘆いた。そこから「私たちの生活はどうあるべきか」を問い、俳人たちも多くの「震災句」なるものを産出してきた。

だが、さてその後はどうなったか。政治は、経済は、などと大きなことは言わないが、私たちの生活は変ったか？　俳句は変ったか？

被災者とそれを取巻く人々を除けば、何も変わらないというのが多くの人々の実感ではなかろうか。つまり多くの人々が、この一大事を歴史の転換期とすることができなかったということである。いや、そういう結論は早すぎるであろうが、取りあえずはそうであって、「人間がぜーんぶ変わって」闇の中から必死に明日への方向性を探る、ということにはなっていない。なぜであろうか？

終戦直後は、生きるためには何が何でも食わねばならなかった。これは確かに歴史と交差する当時の人々の共通の「思い」であった。

でも今は違う。テレビではグルメ番組、次にファッション、若返り健康法、芸能人のゴシップ、人を小馬鹿にすることで成り立つお笑い番組、等々が目白押しである。そこへ日韓・日中問題、憲法改正（改悪）問題、沖縄の基地の問題、等々が顔を出す。それに関する討論会もあるが、みなさんなかなか本音は言わない——そして時間切れ。途中流されたコマーシャルの映像ばかりが脳に残像として残る。たまに地震対策に関する情報も。これこれを準備して、避難通路を確認してなど。さらに定番のお天気予報——「明日は晴れのち雨です」——「あっ、そう」などと言って眠りに就く私たち。

つまり私たちのふだんの生活には、政治も大災害も、お笑いやグルメ、ファッションもまったくの等価値として同一平面上に置かれ、人々はそれぞれの生活にいて、自分の好み、日常の必要性等に応じてそれらの情報を各自抽出して生活しているのである。それを「私の自由」これが「民主主義」などと言うこともできる。確かにそうであろうが、実はもっとも恐いのは、この列島に寝起きする人々が、その寝起きを保障する歴史とその座標軸を見失っていることであろう。換言すれば、それは歴史を相対化する能力を退化させているということだ。もっと言えば、それは（政治でも文化でもかまわないが）歴史と交差しない個の存在が、如何にその日暮らしの根無し草的存在であるかということでもある。

池田澄子さんの最新句集『拝復』（二〇一一年）に次の一句を見つけた。

八月来る私史に正史の交わりし

八月とは、嫌でも応でも歴史と交わる特殊な季節である。だがその交わり方も、時代とともに個の変容によって形骸化されていく現実。九〇年代以降に「オタク文化」が生れ、その反省として、二〇〇〇年代に登場してきたのが「ゼロ年代」（思想？）である。世の中は何もしてくれないから、生き残るために自ら（サバイバル的な）決断を、というわけであろうが、ここは少し落ち着いた方がよい。

個という存在は歴史によって相対化される（あるいはその逆）ものであれば、やはり私たちはもう一度、失いつつある歴史の基軸を探さなければならないのだろう。

俳句が「オタク文化」として終わらないためにも――である。

亀の餌

山下しげ人

小さい頃はよく生き物を飼っていた。今でも記憶にあるのが、鳩、兎、文鳥、チャボ、亀、金魚、犬などである。恐らくは、世話をするという約束で飼うことを許してくれたのであろうが、いつも三日坊主で終わっていたような気がする。後は、親に任せっきりであった。

兎を飼ったときは可哀想なことをした。誰かが小屋の戸を閉め忘れていたため、外に出て自由を得たのは良かったが野犬に食い殺されていたという。畑に白い毛が散乱していたのを今でも覚えている。

小さい頃飼っていた生き物たちにそれぞれに想い出があるのだが、中学生の頃に飼っていた亀に関して忘れられない出来事がある。

亀は、水槽の掃除をしてやるくらいで、さほど手がかからなかった。近くに小さな流れがあったのでメダカや小鮒を捕っては生き餌として与えていたのだが、それも、いつもの面倒くさがりが出て長続きはしなかった。いつしか、市販の餌を与えるようになった。

その日は、なぜか亀の餌を容器ごとポケットに入れたまま登校していた。当時は、今と比べると学校の規律は大雑把なモノであったが、週番なる者がいて物差しを持ってズボンの裾の長さや坊主頭の髪の毛の長さまでも測り容儀検査をしていたと思う。仲の良い友達が週番のときなど、大目に見てくれて助かった想い出がある。勿論、ポケットの中の持ち物まで検査するのだが、週番が検査する日は大方決まっていて、その日は免れたのかもしれない。

何時間目かが過ぎた頃、親しいと言えば親しかった草野君が腹を押さえて無性に苦しがっていた。保健室に連れて行こうとしたが動こうとしない。何とかしなくてはと思ったとき、名案が浮かんだ。「今、ポケットにある亀の餌を薬に」。腹痛を抑える薬だと言って手渡した立方体の塊を彼はゴクリと飲み込んだ。

驚いたことに、しばらくすると彼の表情からさきほどの苦しさはなくなっていた。その後、彼が何度も「ありがとう」と言うので、僕は心苦しくて仕方なかった。とうとう、彼にあげた魔法の胃薬が亀の餌であることを告白した。しかし、なかなか信じようとしないので、仕方なく容器まで出して小さな立方体の塊が「イトミミズを凝縮して乾燥させたモノ」であることを知らせた。それでも彼は、あれが胃薬だと信じて疑わなかった。

そのとき初めて、僕は「病は気から」という言葉を少しは信じてみようと思った。

猛犬に注意

中野信一

毎朝、ＪＲ鎌倉駅で電車を降り、鎌倉虚子立子記念館に行きます。歩いて三十分ほどかかります。「岐れ路」という名前の交差点を左折し「鎌倉宮」へと向かう道に入ると、両側に大きなお屋敷が目立つようになります。その中のひとつに「猛犬に注意」の札が貼られたお屋敷がありました。

そのお屋敷は、今は壊されて駐車場に変わっています。それでもその場所を通るたびに、出会うことがなかった「猛犬」のことをときどき思い出します。


学生時代、著名詩人で組織された会で、三年間ほどアルバイトをしていたことがあります。会費の処理、会報の発送、イベントの準備が主な仕事でした。吉本隆明さんが講演をしたり、作詩講座では、井上靖さん、西脇順三郎さん、草野心平さんが講師をしていました。

年末には新宿の紀伊國屋書店の画廊で「詩画展」が毎年、開催されました。

小説家、詩人、画家、俳人の作品を展示し，希望される方には頒布するようなイベントでした。

初日は午前十一時からの始まりでしたが、その年は年配の女性の方が一人、三十分ほど前から外でお待ちになっていました。

その方は開場するとすぐに、「Ｍ」という詩人の色紙の前で立ち止まりました。そして、手でこちらに来るようにという仕草をされました。

「M先生の色紙を前から欲しいと思っていたの。予約できるかしら」

事務的な購入手続きが終わり「お届けは年が明けてからになります」と説明すると、少しがっかりした感じになりました。

それから、会場内に展示されている作品を一つ一つ、ゆっくりとご覧になっていました。

「降る雪や明治は遠くなりにけり」という作品の前では、長い時間、足をとめていました。


年が明けて「M」の色紙を持ち、郊外にある私鉄の駅で降りました。商店街をぬけると、急に庭に緑の豊かな家が多くなってきました。

酒屋さんやタバコ屋さんで道を尋ねてやっと見つけたのは「猛犬に注意」という札が、両開きの扉に貼られている古めかしいお屋敷でした。表札と住所を改めて確認し、ブザーを押してみましたが、何の応答もありません。大声で呼んでみても、犬のほえる声も聞こえてきません。しかたなく石の塀にそって歩き裏にまわると、木戸があり、ここでも「猛犬に注意」という札が目に入ってきました。ブザーを押してみます。

やはり、反応はありません。軽く木戸をおすと、簡単に開きました。

「ごめんください」とくりかえしながら中に入ります。

突き当りの勝手口らしいところに、今度は手書きで「猛犬に注意」の紙の札が貼られています。

「ごめんください、ごめんください」と何度も勝手口の前で繰り返していると、ガラス戸が細めに開き紀伊國屋書店でお会いした方の不安そうな顔が、すきまから見えてきました。

「色紙をお届けにあがりました」と言うと、表情が急に明るくなりました。ゆっくりと梱包をとき、色紙を確認しはじめました。

確認が終わるのを待って帰ろうとすると『冬の桜』という詩集をさしだしてきました。

「この詩集の題字も序文も『M』先生に書いていただいたの」

とても「M」先生が好きなのだな、と思いました。

「猛犬に注意」の札が貼られた家を出たのは夕暮れでした。

それからしばらくして「M」という詩人は亡くなりました。

新聞でその記事を目にしたとき、「猛犬に注意」の札が、また一枚、増えているような気がしました。

［傘寿］狂想曲

岸本みか

『傘寿（さんじゅ）』というお目出度い年齢になった。

どの辞典にも、「傘」の略字「仐」が八十と読めるので、『傘寿』は、八十歳を祝うという意味だと書いてある。私はこれに加え、傘の中に人が四つはいっているので、身辺を多くの人に見守られている、と自己流に解釈している。私は出来るだけ人に頼らずに自立していたいと願っているが、見守る人は、心温かくあってほしいし、冷たく見張る人であってほしくないとも願っている。

因みに、パソコンで年齢に関する「ウィキペディア」を見ると、役に立つ事項がいくつもあり、「年齢詐称」という項目も面白かった。関連事項に「鯖読（さばよみ）」という言葉が取り上げられている。要するに年齢を偽るのである。〝鯖を読む〟という表現は、鯖とりの漁船が、大漁でもないのに、大漁だと偽ることに由来しているそうで、数を少なく言うのは、本来なら〝逆鯖を読む〟だが、今では混同して遣われているそうだ。

年齢といえば、我が国では、人に年齢を尋ねるのはあまり好ましくないとされているが、人の年齢を知りたがる人はけっこう多い。尋ねてもすぐ忘れるらしく、何度でも尋ねる。だとすれば、その人にはさほど重要なことではないのかもしれない。私は逆サバしたことはないが、聞きたがり屋のA子さんにはこんな会話でお返しする。

「で、あんた、歳いくつやったかいな」「あら、また忘れたの。私、さんじゅうよ」「は、は、は、なんぼ若い言うたって、それはないやろ」「だって、本当にさんじゅだもの」「ん?」

さて、八十歳の私、ずいぶん長く生きて来た。総じてこれまでの人生を楽しく過ごして来たと思う。振り返ると、遭遇した数々の苦い体験もあったが、それらが心のサプリメントになってくれたのだろう。例えば、中国で敗戦(十一歳)を迎えた後の辛い体験は、今も人類の平和を願う根っこになっている。この歳になって何が出来る? 出来なくてていいのだ、ただその願いを持ち続けることが大切なのだ、と納得している。

人間の心身が人生の終焉へ向かって退化していくことを、しみじみ感じるようになった。動作、感性、思考力の衰えなど、挙げると切りがない。例えば動作の衰え。学生時代体操部で、敏捷さを誇っていた私だったが、現在では、一緒に作業をしている時、いつも他の人よりワン・テンポ遅れるのである。良しとしているのは、食事の終わりが遅れることぐらい。これは咀嚼に留意しているからである。次に感性の鈍さ。若い頃はかなり研ぎすまされた感性をもっていたと自負している。仕事を終え帰路につき、バス停に佇むのが常であった。秋の黄昏、夜のとばりが辺りを闇に包みこもうとする刻ともなると、さまざまな想いが溢れ出し、浮かんだ文や詩のフレーズを、ノートに書きとめたりしたものだった。今はその当時の私を取り巻く風景が、些かの妬ましさを交えながら、記憶の底から浮かび上がるだけである。そして思考力の無さ。差し迫ったことがなければ、何も考えない楽な状態で居ようとする。思考を働かせるには、多くのエネルギーが要る。それで、思考しなくても必要な基礎代謝量だけにとどめている状態なのだ。「何故、もっと書かないの」「傘寿だから……」それは答えになりませんぞ。

今年の夏の終り頃、今まで交流のなかった三人の方から、六十代ですかと尋ねられた。社交辞令だとは分かっているが、悪い気持はしない。そんな夜に突然気温が下がったが、私はTシャツ一枚のままで過ごした。インフルエンザのワクチン摂取のおかげで、ここ十数年風邪を引いたことがない。翌朝、喉が痛んだ。昼に声が涸れ始め、夕方には全く声が出なくなった。下手な英語講師の私、これ以上に発音が可笑しくなったらお手上げである。パソコンで処方を調べると、〝声涸れ〟という項目で多くの記事が出ていた。どれにも二週間ほどで治ると記されていた。私はほっとして処方に従った。しかし待望の二週間が過ぎても、母音のアイウエオは甦らず、出るのは子音の破裂音や摩擦音だけ。焦りの三週間が終り、母音と子音が少しずつ出るようになったが、それ以上は四週間経っても回復しそうもない。浪曲師の声に似ていた。突然ある思いが脳内を走った「これは八十歳の声だ！　これが本来の私の声なのだ。これはこれからの生活への警告なのだ」私は卓上に在った鏡を引き寄せ、浪曲師よろしい声に合わせて、老女のせりふと仕草を即興で演じてみた。そこには、嗄れ声を出している奇妙な大根役者がいた。その目が私に向かって笑っていた。「今のところ、まだ役不足だよ。あるがままに生きていなさい。まだ、少しは人さまのお役に立てるんじゃないの」

一ヶ月後に、声はすっかり戻っていた。

奇遇

祖師の足跡を尋ねる旅

三池賢一

私は、曹洞宗（禅宗）の小寺を預かる者として、宗祖を拝登するため三年に一度檀信徒を募り、福井の永平寺への参拝旅行を勤めてきましたが、今年は併せて能登の総持寺祖院と福井武生の御誕生寺へも参詣することとしました。期日は、十月廿一日から廿三日までの二泊三日の、旅行会社に本山日程を交渉して戴いた結果です。当日早朝六時半に自坊を発ち、午後三時頃御誕生寺に寄り法要に連なり、五時頃永平寺へ到着。そこで私達の他に二団体、三組の個人参拝があることを知りました。七時の夕食時隣りに着座した人物、その時には団参を率いた僧侶の一人と云う意識しかありませんでした。ところが翌日早朝の法要の折り、其々の参拝団体毎に供養が営まれ、其々の団体名・引率僧侶名が読上られて互いに旧知の間柄であることを知らされました。彼は、現在山形県酒田市浜中の正常院住職、私は福岡県柳川市報恩寺の住職ですが、実に五十三年前、寺の後継者として駒沢大学に進学し、二年生の時同じ貸家に住み、一年間の交遊歴がありました。その後は学部も異なり、別々に転居して逢うこともなく星霜を重ねて現在に至り、顔を合わせても気付かず、朝餉の席でお互いに旧交を確認した次第。全く偶然に同期日に本山参拝に同席する奇遇を経験しました。彼は北から、私は南から永平寺に参籠し、彼は御誕生寺へ、私達は総持寺祖院へと次の旅程を辿ることとなり、歓談の時もなく別れましたが、大学当時の感慨一入でした。これも何かの因縁かと想い、一期一会とは斯くあるやと想念に耽るばかりです。

さて、今回の旅程を企画したのは、来年が総持寺二祖峨山禅師の六百五十回遠忌の年であること、中越沖地震で破損した総持寺祖院の第一期修復工事（大祖堂改修）が完工したこと、総持寺始祖瑩山禅師生誕地を記念して総持寺前貫主が建立された御誕生寺の中核伽藍が整ったことなど勘案した故ですが、特に関心があったのは、現在の曹洞宗々勢の基礎となる本山継承万法を、牽いては全国寺院網の確立を創造し実現した峨山禅師の足跡を偲ぶことにありました。そこで実見した禅師に関わる痕跡を数例挙げてみることとします。

その一　総持寺祖院楼門に入る橋脚の傍らに「峨山道口」の道標があります。これは、峨山禅師が師瑩山禅師から総持寺の住職を受け継ぎ、次いで同じ石川県羽咋市にある永光寺の住職を兼務した前後約十五年間、歳六十代半ばから八十を数えるまで、能登の総持寺から羽咋の永光寺の約十三里（五十二キロメートル）を日夜往復したと云う山道の登山口です。その到着口は永光寺（ようこうじ）の一遇「五老峰」と称する先師五名の遺物を納めた塚の脇にあります。五人の先師とは、宋天童山の如浄・宗祖道元・永平寺二世懐奘・同三世義介・総持寺始祖瑩山の五師で、峨山禅師が今有ることの証として祈念したもので、暦応三年（一三四〇）記銘の石碑が建っています。この年は禅師が初めて永光寺住職となった六十五歳の時に当たります。

その二　峨山禅師は貞治二年（一三六三）歳八八の時宗祖道元禅師の遺徳に接すべく、永平寺の承陽殿（開山堂）に登拝していますが、これを祈念した碑「峨山石」が残されています。そこに刻まれた文言には、道元禅師没後一一〇年目にして初めて登攀した峨山禅師にとって、宗祖の偉大さに触れた感動と共に、時世とは云えその荒廃ぶりに、その再建復興の算段、宗勢展開に想いを新にされた心情が直截に述べられています。禅師はこの三年後の貞応五年九十一歳で示寂されますが、この間に次々と寺院の継続維持を強固にするための方策を提示されています。所謂住職輪住制の確立です。既に瑩山禅師が自らの創設寺院へ弟子を配属し、順次転住させる方法で寺院の持続経営を試行していますが、これを更に制度化して定着させるもので、先ず、本山総持寺経営の持続のために、峨山門下の傑出した弟子五名（五哲と称される）に任期を定めて総持寺住職を交替で勤めるよう指示しています。これは禅師が永平寺上山の折りに実感した、所謂一山主義（直系の弟子一人が連綿と住職を継承する方式）では、世代を重るに従い衰亡の危機に遭遇する危険性が高いと判断した故かと推量されます。当然のことながら、輪住する五人の高弟は総持寺に常駐することになります。そこで境内地内外に自坊を置くこととなりました。所謂五院と呼ばれる五つの塔頭寺院です。ここで其々が弟子の育成に当たり、全国津々浦々へ送り出していくことになります。時代と共に制度が完備され、近世を迎える頃には、塔頭五院の住職も輪住制となり、全国に散在する寺院の内、五院住職を勤める寺院が定められ、一年交替で五院其々の住職を勤めるべく各地から上山してきます。その年五院の住職となった者は交替で七十五日間総持寺住職を勤めることとなります。これを繰返してゆけば、総持寺の経営は持続出来ますし、全国の系統寺院の統制もとれることになります。但し、塔頭五院の住職として上山する寺院は、数名の同伴者を連れて居ますから、これに係る自坊と総持寺の往復旅費・一年間の生活経費・塔頭維持の必要経費を負担しなければなりません。必然的に経済的に裕福な寺院でなければ勤まらないことになりますが、寺院経営の持続と系統的な連鎖方式を導いた峨山禅師の先見の然らしむるところです。

今回の旅で得た偶然の出会いと先人の残した足跡は、残りの人生に希望と活力を与えてくれるものでした。

博多今昔散歩 10 箱崎界隈

稲光勇雄

箱崎といえば、筥崎八幡宮と九州大学、歴史と学問の町だ。

私は、昭和五十八（一九八三）年から、平成十四（二〇〇二）年まで、約二十年間、筥崎宮横の福岡県立図書館に勤めた。その前は、天神の県文化会館（図書部）であったので、書籍（約三十万冊）の移動が大変だった。

当時、まだ地下鉄が工事中で、箱崎宮前なる駅は完成しておらず、福岡市西区からバスで通勤したものだ。バス停前の屋台「静香」、参道脇の「花山」、大学通り宮横の「松の家」、筥崎宮裏にあって、当時、ＪＲ箱崎駅が近かった「はぶ」などが懐かしいが、今は無くなった店もある。

糟屋郡箱崎村

昔、筑前國十五郡のうち、ほぼ中央部に、糟屋郡はあり、その真ん中に位置するところに、箱崎村はあった。

筥崎宮一の鳥居（慶長十四（一六〇九）年、初代福岡藩主・黒田長政寄進）前の道路を大学通りという。お宮の前の通りを右へ少し歩くと、レストラン風の「天井桟敷」がある。その傍に、ひっそりと郡境を示す石碑が建っている。

彫られた文字が、歴史の風雪を経て見えにくくなっている。

「従是東表粕屋」とあり、「是(これ)より東は、表粕屋」と読める。年月は、多分、文政四（一八二一）年頃に建てられたものと思われる。この近辺が、粕屋郡の中心、郡都で、郡役所などもあったはずだ。

今は、表（東）のうち、箱崎をはじめ、吉塚、名島、松崎、多々良など、裏（西）は、香椎、和白、志賀島などは、福岡市東区に編入されている。

従って、残る表粕屋の地域は、粕屋、須恵、志免、宇美、篠栗、久山の六町、裏は、古賀市、新宮町となっている。

筥崎宮

箱崎の地名は、日本三大八幡宮の一つ、筥崎宮に由来する。箱崎の古名は、葦津ヶ浦、または大浦という。応神天皇降誕のとき、胞衣(えな)を箱に入れて、この浦に埋めたので箱崎になったと伝えられる。

楼門の右手に御神木「筥松」がある。

楼門、本殿、拝殿、本殿横の石灯籠、一の鳥居は、いずれも国の重要文化財である。

境内には、碇石、唐船塔、「敵国降伏」の扁額など、元寇にまつわる史跡も多く、この地の歴史を静かに伝える。参道のかつての松林を国道近く進めば、高灯籠と大鳥居が聳(そび)え、浜近くであったことが偲ばれる。

かつてこの浦は、箱崎千軒と呼ばれ、唐津街道の博多の次の宿場であった。

今、千代の松原から続いていた松林や砂浜は、殆ど無く、巨大な埠頭の倉庫群があるばかりだ。

筥崎浜の高灯籠

筥崎宮楼門（大内義隆寄進）

放生会

博多の三大まつりの一つで、「ほうじょうや」という。

私は昔、二十年余り、春吉三軒屋（現福岡市中央区春吉二丁目）に住んでいた。

放生会には、今はない市内電車で行った。貫線で九大前行き、呉服町、千代町を過ぎ、馬出（まいだし）あたりで、ぐっと曲がって次が箱崎だった。今は、バス専用の道路となっている。

今も昔も、多くの人で賑いをみせ、五百を越す、露店、見世物が所狭しと並ぶ、西国一の大祭である。（九月七日七夜）

朝の通勤時、祭りの後の匂いと静けさを思い出す。

海辺に、水族館と潮湯が、明治末に設立されたが、昭和六年の国道三号線の開通で撤去された。また、今はないが、浜側に新博多（千鳥橋）から競輪場前（貝塚）に、市内電車が走っていた。

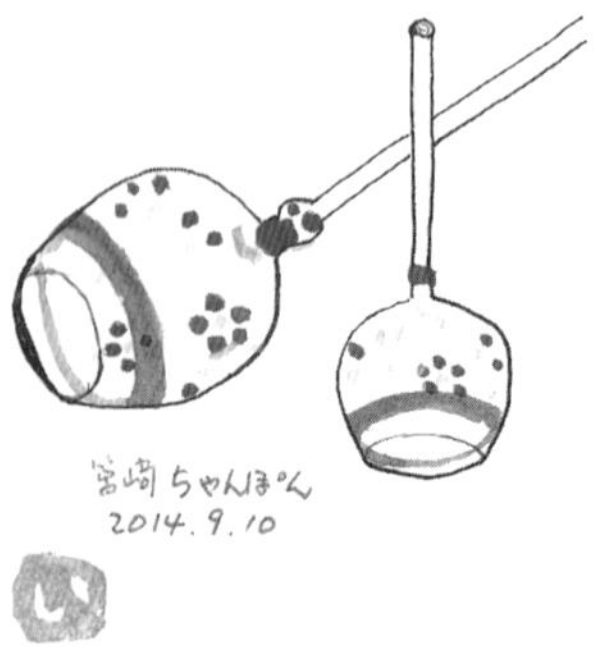

九州大学、大学通り

箱崎地区は九州大学と縁が深い町である。この九州大学も市内西部に大半が移転した。戦災の難をまぬがれて、昔の町並みや露地が残る町、大学通りも何となく寂れた感じがする。今後どうなるだろうか。

九州大学が、箱崎松原の地に開設されたのは、明治四十四（一九一一）年、最初は工科大学であった。その後、順次、農・法文・理の学部が開設された。

医学部については、明治二十九（一八九六）年、今の通称大学通りにある崇福寺（黒田家の菩提寺）の東側に、東中洲にあった県立病院が移ってくる。

この県立病院が福岡医科大学となり、明治三十六（一九〇三）年に診療を開始する。

このため、大学付近には、旅館、薬局、派出婦会など病院に関係ある店も並んで、大学通りは賑わいをみせる。

石堂川べりの竪町浜に、江戸初期から公認の遊廓があった。明治になって、九大の教育に悪影響ありとの理由で、住吉高畠に移転を命ぜられる。もとの名を柳町といったので、新しく「新柳町」といった。私の生まれ育った春吉の近くである。古い人で、この町のお世話になった人もあると思うが、昭和三十三（一九五八）年の売春禁止法により、妓楼は廃業した。

余談だが、私の家内（九大法学部出身）は、この箱崎界隈の、原田、網屋立筋、網屋町、昭和町などの下宿を転々とした。古い町並みは、貧乏学生には、優しく、暮らし易かったようだ。


【参考文献】

井上精三『福岡町名散歩』改訂版、葦書房、一九九六年
「角川日本地名大辞典」編纂委員会編『角川日本地名大辞典 40 福岡県』角川書店、一九八八年
貝原益軒編『筑前國續風土記』文献出版、平成十三（二〇〇一）年

時代小説と登場人物の名前

石瀧豊美

九月・十月、朝刊二面下に佐伯泰英の文庫書き下ろし一九九冊目、二百冊目刊行の広告が大きく載った。九月十二日刊の『暗殺』（交代寄合伊那衆異聞、第二一巻）と十月九日刊の『神君狩り』（夏目影二郎始末旅、第一五巻）だ。佐伯のシリーズものは十一あり、夏目影二郎の活躍する「狩り」シリーズはこれで完結した。北九州出身の佐伯は時代小説作家としては遅咲きだが、精力的な仕事ぶりで、その勢いはとどまるところをしらない。

佐伯は平均すると、毎月一冊の割合で文庫を出す。私は遅れてきた読者で、三日に二冊の割合で読み進んでいるが、ようやく八十九冊を読破したところだ。「居眠り磐音江戸双紙」既刊四十六冊、「密命」二十六冊（完結）、「夏目影二郎」十四冊（完結、第一五巻は未読）、「古着屋総兵衛影始末」三冊（全一一巻、完結）である。

これだけ読むといろいろなことに気がつく。佐伯の小説で、人名はしばしば不可思議な文字の連なりになっている。とても思いつかないような姓や名になっているのだが、あえてそうしていることは間違いない。印象深さは抜群だが、一々考えるのがめんどうなので、何かの本から適当に文字を拾い、組み合わせているのではないか、とも想像している。

これらは作家の創造の領域だが、次のような例はどうだろうか。

伊達村兼光隆次（『抹殺』古着屋総兵衛、第三巻、新潮文庫、六二頁）

これは姓＋通称＋諱を意識したものだろう。姓と諱（名）には違和感がない。問題は通称の兼光だ。江戸時代、武士は必ず通称と諱を使い分けた。庶民でも豪商・豪農ともなるとやはり通称と諱を持っていた。

西郷吉之助隆盛　坂本龍馬直柔

明治になって名前は一つと決められた。そこで通称か諱のどちらかを戸籍上の名前とした。私たちが歴史上の人物として西郷隆盛と称するのは、西郷が諱を戸籍上の名としたからである（それまで、鹿児島では吉之助どんとして知られていた）。龍馬がもし明治まで生きていたら私たちは坂本直柔としてその名を記憶していたかもしれない。

歴代総理大臣から小泉純一郎と安倍晋三、野田佳彦を例にとると、「純」を音読みする純一郎は通称系の名、訓読みの佳彦は諱系の名である。一文字（歴史上はほぼ渡辺・松浦姓の人々に限られる）または二文字は諱、三文字以上は通称とも言えるが、もうひとつの判断基準として、二文字であっても音読みの「シンゾー」は通称系の名と見なすべきだろう。慶応三年の福岡藩海外留学生に井上六三郎良一がいるが、これを「リョウイチ」とは読まない。諱なので訓読みし、「よしかず」なのである。吉川弘文館『明治時代史大辞典』第一巻に「いのうえりょういち」としたのは明白な間違いと言える。

そこで伊達村にもどると、兼光も隆次も諱にこそふさわしい名で、通称をこのように名乗ることはありえないのだ。通称は〜右衛門、〜左衛門、〜兵衛、〜之助、〜太郎のようなパターンがふつうなのである。皆が同じ行動をする必要はないので、モデルからはずれることはありうるが、通称と諱を混同することはまずありそうにない。

　幼名を左門といった。（右同、一九一頁）

老中土屋政直の幼名だが、これもありえない。能登守に任官する前に名乗っていた通称と解するべきだろう。ウィキペディアの土屋政直の項に「誕生。左門を称す。」と書かれているのがそもそも間違っているし、これでは幼名という誤解を生んでもしかたがない。

名前をめぐってはこういう場面もあった。公家の坊城家の姫君と江戸の町人の間に生まれた赤子に、主人公の総兵衛が命名した。（『異心』古着屋総兵衛、第二巻、三五三頁）

　坊城佐総（すけふさ）

総兵衛と番頭の佐助の名からそれぞれ一字をとったもので、それはそれでおもしろいが、前提が疑わしい。つまり、佐総は諱であって、赤ん坊に諱を付けることはないからだ。元服すると通称と諱を使い分けるが、それまでは幼名を名乗ることになる。諱は本名で、諱で呼ばれると縁起が悪いという考え方から通称を準備した。親と主君と師は諱で呼んでもよいとされている。だから吉宗が南町奉行を忠相（ただすけ）と呼んでもかまわないが、同僚や部下や市井の人々は越前殿、越前様、越前守様などと呼ぶことになる。

大河ドラマ「軍師官兵衛」で、官兵衛の嫡男松寿丸（しょうじゅ）（ふつう、松寿と言われる）は烏帽子姿で元服し、役者も入れ替わった（二五回、二六回）。ここから名も長政と変わり、長政は初陣する。命名の儀式は元服にこそふさわしい。なお、官兵衛は通称、その後任官して勘解由次官（かげゆのすけ）となり、隠居して如水と称した。また幼名は万吉、諱は孝高（よしたか）である。

御用聞きの左近、歌舞伎の左近親分（『抹殺』七五頁）

庶民の名には諱と通称の区別がないが、語感としては通称に近い。～平、～助、～吉のように二文字、音読みがふつうで（秀吉は諱なら「ひでよし」だが、通称なら「しゅうきち」「ひできち」となろう）、少し偉そうな響きを帯びるのが～右衛門、～左衛門、～兵衛の類いだろう。五郎左衛門のように五文字になる場合もある。左近は武士の通称にはふさわしいが、御用聞きの名前には似つかわしくない。

もちろん作家がある作品世界を構築するのに、違和感を生じるような名前をあえて使うということはありうる。ただ、佐伯泰英が江戸時代の空気感を大事にしている作家だとすれば、違和感は逆効果ではないかと思うのだ。

ふたりの歌人／晶子が詠む、しのぶ愛

光畑浩治
書：棚田看山

ふたりの歌人

二〇一三年、秋。天皇皇后両陛下は、熊本県合志市の国立ハンセン病療養所菊地恵楓園を訪れた。皇室は療養所の支援を古くから続けられ、両陛下も皇太子時代からの訪問は十二カ所目になられると言う。このニュースを見てふたりの歌人を想った。

佐賀県の津田治子（一九一二〜六三）と大分県の伊藤保（一九一三〜六三）だ。二人は、ともに恵楓園で出会い、歌を通して生きる心を通わせた。

ハンセン病は、かつて癩病と呼ばれ、不治の業病との偏見を背負って生きるしかなかった時代があり、どうにもならなかった、その現実を私たちは忘れてはならない。

大原富枝『忍びてゆかな――小説津田治子』には「現身にヨブの終わりの倖はあらずともよししぬびてゆかな　津田治子」の歌があり、松下竜一『檜の山のうたびと――歌人伊藤保の世界』には「うつせみのこの世にありて不思議なる光を放つ歌のかずかず　斎藤茂吉」が本の扉に載っている。歌誌『アララギ』への二人の入会は、伊藤が昭和八年で斎藤茂吉に師事、津田は昭和十二年、土屋文明についた。歌を詠む二人は、お互い、いつしか魅かれあっていった。が、生きて結ばれることはなかった。

二人の死は、あまり違わず「歌の仲間たちは教会に集って津田治子の五十日祭の準備をしていた。美しい花々に溢れたその広間に、伊藤保の棺が友人たちによってかつぎこまれて来た」（『忍びてゆかな』）と「園内の教会堂では、津田治子の五十日忌の用意に友人たちが集って菊の花を溢れるほど用意していた。——そこへ突然伊藤保の遺体が運び込まれて来た。津田治子のために用意された菊花で、友人たちは伊藤保の棺を埋めた」（『檜の山のうたびと』）と記されることになる。

伊藤は、津田の死の後、追悼歌会に二首の詠草を寄せた。

「菊」33.2×24.3㎝，葦

友どちのみとりに加はり得ざりしを
　一生くやしき臥す身なりける
苦しみの晴ゆくごとき面差しを
　花々包み君葬られぬ

恵楓園の納骨堂には、引き取り手のない骨壷が没年順に並べられているそうで、不思議なのは、津田治子と伊藤保の遺骨が隣り合っていると聞く。神の差配だろうか。

死ぬべくは死ぬべしといふ心にはなりがたくしてながき苦しみ　　津田治子

ふたりの歌人は、永久の眠りについたとき、歌の心が結ばれてそばにならんだ。

晶子が詠む、しのぶ愛

昭和天皇が崩御された後、元号「昭和」を起草した漢学者・吉田増蔵が各メディアに採り上げられた。吉田の人となりを追う中、彼は、与謝野鉄幹が亡くなった時、「追悼の七言律詩を贈った。その漢詩を使って妻晶子が五十六首の短歌を作っている」との記事があった。長年、気になっていた。最近、ネット検索で平成九年に発足した与謝野晶子倶楽部（堺市文化部文化課内）を知り、「追悼漢詩」を尋ねるメールを送ると、速やかな丁寧対応で待望の「資料」が事務局から送られてきた。感謝だ。

与謝野資料は、逸見久美ほか編『鉄幹晶子全集』（勉誠出版）に拠るものだった。鉄幹没後に詠んだ晶子の

「寝園」一〇六首の前書きに「故人の五七日に吉田学軒師より（略）詩を賜りたれば、この五十六字を一つづつ歌に結びて詠める」とある。

追悼の「七言律詩」　　　　吉田増蔵から与謝野鉄幹へ

楓樹蕭蕭杜宇天　　楓樹蕭蕭たる　杜宇の天
不如帰去奈何伝　　不如帰去りては　奈何に伝えん
読経壇下千行涙　　読経する壇下　千行の涙
合掌龕前一縷香　　合掌する龕前　一縷の香
志業未成真可恨　　志業未だ成らず　真に恨むべくに
声名空在転堪憐　　声名　空しく在りて　転た憐れむに堪えたり
平生歓語幾回首　　平生の歓語　幾たびか首を回らせば
旧夢茫茫十四年　　旧夢　茫茫として　十四年なり

これを与謝野晶子が詠む。

一、青空のもとに**楓**のひろがりて君亡き夏の初まれるかな
二、山の上大**樹**おのづと打倒れまたあらずなる空に次ぐもの
三、**蕭**蕭と万里と云ふ名選ばれし子等の二十と君が三十
四、わが机地下八尺に置かねども雨暗く降り**蕭**やかに打つ

五、桜過ぎ五七日には伝ひ行く雑木の杜のまだらの若葉

六、一人にて負へる宇宙の重さよりにじむ涙のここちこそすれ

七、君が行く天路に入らぬものなれば長きかひなし武蔵野の路

八、あな不思議白き柩に居給ひぬ天稚彦と申す神の子

九、魂は失せ魄滅びずと道教に云ふ如魄の帰りこよかし

一〇、いつとても帰り来給ふ用意ある心を抱き老いて死ぬらん

一一、哀れなり妻と子等より君去りて音なふ日なく見給ふ期なし

一二、備りぬ奈良の仏は金を塗り君は塗らねど端厳の相

一三、武蔵野の若葉の上に雹降りぬ何事ならず天悲しめり

一四、君なくて憐むべしと云ふなかれ師が衣鉢をば伝へたる弟子

一五、取り出でて死なぬ文字をば読む朝はなほ永久の恋とおぼゆる

一六、いみじかる歌を作りて時経ると仏の説かぬ極楽浄土

一七、妙高も浅間の山も壇としてまつらん君を多摩の野に置く

一八、都より下荻窪に移り来て十年歌へるむさし野に死ぬ

一九、心なる悲しみの花千枝白し世は浅みどりくれなゐにして

二〇、阿佐が谷の近江博士の許へ行く服喪の人も薬を得べく

二一、生くる世の業報のうちさるもののありや教へよ涙の地獄

二二、ありし日と今日を合せて世と云はばうらなつかしくいとはしきかな

二三、たなぞこに掌を置く口びるに末期の水を参れる後も

二四、亡き魄の龕と想へる書斎さへ田舎の客の取り散らすかな
二五、世を去りて三十五日この家にわれと在りしは五十日前まで
二六、一生の終りにわれを君呼びき何ぞ仏の示現ならんや
二七、なつかしく縷縷と語るを病床の無言に聞ける日も帰りこよ
二八、筆硯煙草を子等は棺に入る名のりがたかり我を愛できと
二九、継ぎぬべき志をば説く時も父に似る子が猿楽を云ふ
三〇、業成るといはば云ふべき子は三人他はいかさまにならんとすらん

「愛」33.2×24.3 cm, トンビ

三一、わが云ふは旅と仕事をしたる人子等の語るも未だありし日
三二、君が死を仮ぞと云はば仮ながら真なりけり正しく見れば
三三、われ死なずことは一切顛倒す悲しむべしと歎きしはなし
三四、辛かりし世をも恨まず云はずして山の如くにいましつる君
三五、わりなけれ似ると思ひし子の声も似ざる声をば聞かんとぞ思ふ
三六、いかならん善き名負ふとも入りがたき三昧境を得てありしかな
三七、藤の花空より君が流すなる涙と見えて夕風ぞ吹く
三八、在し在さず定かならずもわれ思ひ人は主人の無しとする家
三九、自らを転生したる君として慰むらんか時経たんのち
四〇、人の世に君帰らずば堪へがたしかかる日すでに三十五日
四一、君がある西の方よりしみじみと憐むごとく夕日さす時
四二、平らかに今三とせほど十とせほど二十年ほどもいまさましかば
四三、死ぬことと生き行く苦をば初めより魂魄のなき物にくらぶる
四四、歓びとしつる旅ゆえ病得て旅せじと云ひせずなりにけり
四五、物語御法の巻ののちなるはただ一とせのまぼろしの巻
四六、自らをクリストの師のヨハネにて足るとしたりし幾つの事跡
四七、いたましき君が春かな六十三度全く回らず終りたりけれ
四八、柏亭の椿を添へて上梓さる全集の後二千五百首
四九、手をわれに任せて死にぬ旧人を忘れざりしは三十とせの前

五〇、今日もなほ憂き夢醒めんここちする愚痴の思ひに保たるるわれ
五一、日と夜を茫然として積み行くは泣く慣ひより劣るならまし
五二、茫茫と吉田の大人に過去の見え其れよりも濃くわれに現る
五三、取りて泣く隣の閨にさしのぶる十七の子の細き手の指
五四、神田より四時間のちに帰るさへ君待ちわびきわれはとこしへ
五五、忘れよと云ふ悲みはことごとく忘れき君とありし年月

歌は五十五首がならび、「香」は縁語的に詠まれ、「可」は「べし」で「成」の字は採られず一首なし。何故だか謎。鉄幹（一八七三～一九三五）は京都、晶子（一八七八～一九四二）は大阪、増蔵（一八六六～一九四二）は福岡。三人の交流は島根の森鷗外（一八六二～一九二二）を通して深まった。鉄幹、晶子ともに漢詩の師として増蔵を尊敬。歌は、ともに歩んだ夫婦の来し方行く末、人、世をしのぶ愛を詠み、心に沁みる。

一冊の重さ

山本友美

書くことは苦にはならなかった。父が一人娘の私に全ての期待をかけ、三歳頃から日記をつけさせた。毎日一行でもいいし、絵日記でもいいからと押し付けた。それが習慣になったのかもしれない。

高校時代は文芸部に所属していた。本当はバドミントン部に入りたかったのだが、若い時に体を酷使したらいかん、という父の反対で文芸部にした。『佳風』という文芸誌に詩やエッセイを書いた。

卒業後、浪人中に公務員試験に受かり福岡市箱崎の大学に就職した。間借りの大家さんは多田さんだった。大家さんの一人娘が孝枝ちゃん。私たちは一人っ子どうし、姉と妹のようになった。大学に勤めていた六年余は書くことをさぼっていた期間でもある。

私の夫となる李卜之は在日韓国人だった。このことが書く手がかりとなった。結婚後、帰化をして山本耕之と改名した。夫は穏やかな人柄だったが、改名を法務局から迫られた時は呻吟した。再就職する時には夫の両親の韓国名がネックとなり彼を苦しめる。このような状況を綴れるのは私しかいない、と記録していった。

昭和五十六年、文芸評論家・松原新一氏（二〇一三年八月十三日逝去）が主宰される久留米文学学校に通い始め、一期生として連なる。松原先生の講義は書く手ほどきというものは皆無だった。自身の内面を見つめなさい、とよく言われた。自分の内なるものに耳を傾けなさい、と。ところが私は自身を見つめることよりも現実世界を回すことの方が忙しく終始あたふたと生活していたように思う。文学学校ＯＢで「河の会」という勉強会を発足し、松原先生に指導を仰いだ。同人誌『河床』を発行することになり、私も毎号何かしらの作品を書き、河の会は十人前後で月に一回今も継続している。

ある時、松原先生が「山本さんもこれまでの作品をまとめてみたらいいですね」と言われた。一応頷いたけれど具体的には進まなかった。

これまで発表してきた作品を本にしてみようかと現実に思い始めたのは、弟分の薫さんと妹分の孝枝ちゃんが久留米に引っ越して来てからだ。「おねえちゃんが本を創るときは手伝うよ」と夫婦で言ってくれていた。まもなく松原先生が体調を崩され入院。もし本を刊行する折には、序文をお願いしようと前から決めていた。先生のアドバイスがあってこそ私の本はできるものと思っていたのに……。容態が悪化し面会謝絶になられたけれどご夫人の好意で病室に夫と入った。目を瞑られている先生に「先生、私の本に序文を書いていただかないと」と耳元で言うと、うっすらと目を開けられ軽く頷かれた。

一冊にまとめなければいけない。松原先生と約束したのだもの。私の中に決意が生まれた。二〇一三年の晩夏だった。それからの十か月、ベッドの上の妹とともに編集作業が始まった。一冊を編む。初めて体感する本づくりの現場。花乱社の別府大悟さんも全面的に加わってくださる。時には姉、妹で口喧嘩をしては、いつのまにか仲直り。三者ともにいい本にしたいという思いが底辺にあり共有していた。ぶつかるのも、そこにこだわってこそという意志がひしひしと伝わってくる。睡眠不足でふらふらの妹なのに私が帰る時はいつも「おねえちゃん、気をつけて帰りぃよ」と気遣い、薫さんは西鉄久留米駅までボディガードをしてくれた。いつかは、少しでも早く駅に行こうと薫さんと自転車の二人乗りをして、途中ひっくり返って「おねえちゃん大丈夫?」「頭打たなかった?」とお互い心配し合い、二人とも軽症で「よかった、妹には内緒」と約束し合ったのに、すぐにばれた。最終稿を別府さんに委ねた時は本当に「よかった、よかった」と私は喜んだけれど、妹は輪転機が回り始めても、納品日までは、と気を抜かない。

『また「サランへ」を歌おうね』はこうして私たちの前に姿を現した。

松原先生の友人で、「こうじ、こうじ」と夫を慈しんでくださる在日の詩人・金時鐘氏の序文、ともすれば雑事に心を奪われ、書くことを後回しにしがちな私を叱咤激励してくださる劇作家・田島栄氏の解説、そして松原新一先生の評論を戴いて自分でいうのもおこがましいが、本当にあたたかい本が誕生した。

自分で編んでみてわかった。一冊の本を出版するのは作者だけの力では断じてない。家族はもちろんのこと、どれほどの人々の愛情をもらって誕生していくのか身に入みた。そして、一人でも多くの方々にこの本を読んでいただきたいという願いとなる。

出版して半年。思いきって本を編んでよかったと感じるのは、思いもかけぬ同級生や、昔関わってきた人たちからの連絡でもあった。

「このたびの出版おめでとうございます。西野君から友人に広めてくれとメールがあり、東京地区、大阪地区の五回生にメールしました。一応行きわたったと思います。ご活躍本当にうれしく思っているよ。広報部長として頑張ります」

長崎南高校五回生で東京在住のあやみさんからメールがはいった。あやみさんとは二十年ほど音信不通だったし、福岡に住む西野君とは高校時代には喋ったこともなかった。たまたま福岡で年に一度ある長崎南の同窓会総会で初めて会ったのだ。それなのに、彼ら、彼女らは初めて出版した私の著書を一冊でも広めようと応援してくれている。

「みんななつかしがっていますよ。宣伝しますからね」とグリーンコープの専従からの声援。二十数年を経てあの時の彼は専務に昇進していた。

『また「サランへ」を歌おうね』が人と人との懸け橋となってくれている。

京都に住む文芸部の先輩からの一言。

「友美がこの本を書いて、耕之さんが一番報われたと思うよ」

この言葉を反芻しながらこれからも書き続けていきたい。

また「サランへ」を歌おうね

山本友美

昭和四十五年、筥崎宮夏越祭の宵に友美が出会ったのは、在日韓国人二世・李朴之。周囲の反対を押し切って結婚――その後に何が待ち受けていたのか。愛をめぐって綴られた鮮烈な自己史。

［寄稿］金　時鐘／田島　栄／松原新一〈特別収録〉

▽四六判／354ページ／上製／定価1944円

花乱社

句日記より

故　松尾鉄仙

妻を看取ってはや十年、独居の私の食事は開胸手術三回の心臓病のため、味付けの薄い自炊をしている。百坪ほどの畑が草食系の食卓の味方である。青菜（青梗菜・菠薐草）、根菜（大根・赤蕪）が今からで、間引き菜と菜虫取りの季節である。猪が進出して甘藷と里芋は止めている、ネギ類には来ない。

子守婆病む間も無いと菜虫取る　　鉄仙

田舎の暮らしは元気ならとても快適なのである。熟柿と干柿用の五本も手がかかるが美味くて美しい。

柿右衛門かざり柿剝く日和来し　　鉄仙

栗の樹はひと抱えほどの大樹で、味も大きさも正に栗名月用に聳えている。有田の龍門・黒髪山系は名のある巌が屹立して居り、湖は「秘色の湖」と呼ばれあるいは鮎や洗鯉の奥有田と言われ隠れた月見処である。

爆ずる火に輪ごとはぜたる声の冬　　鉄仙

毬栗坊主の頃が懐かしまれるが同時に、栗毬など枯れや穀の焼き烟りは「むらさき」などと優雅に詠めない肩身狭く立ち上る時代になった。

時に子や孫が帰って来たり友人が訪ねて来ると、減塩食を解放して、遠くまで美味いものを食べに出る。その一日旅を私は楽しみに、大事にもしている。その結果だろうか三食の度に俳句を詠む習慣が出来た。五感に触れるものと、時の移ろいをしみじみ訴えて来るものを五、六句ほど詠む。寝る前に推敲して三、四句日記に残す。

例えば、胃潰瘍らしい出血と貧血で天井が回って、緊急入院となった九月。輸血の日々のあと、粥食も九月二十二日（月）の朝まで絶食、胃カメラと大腸カメラを飲んだ日。

病院は伊万里富士の西側山麓にあり、稲穂の波が遠目にも騒がしい声の主を乗せ、押し寄せている。

寇のごと怒濤寄せ来る稲雀　（時間）
秋入日田は卵黄を吹き雑ぜて　（視覚）

病めば、棚田の曼珠沙華は祀壇の飾りのようで看取の頃に時を巻き戻し悲しませる。

妻むかし母二むかし曼珠沙華　（時間）

胃カメラに継ぐ腸カメラに、不随意に目鼻からこぼれる露けきもの。類句が有りそうだが実感の句。

露の身の露零るるや目鼻より　（触覚）

まだこれからピロリ菌退治と胃がん検査がある。ともかく天井がくるくる回る恐怖感と胃カメラ・大腸カメラの嫌悪感を残して、また命を拾った。

旅は五感に新鮮な感動をくれる。自然の間と時の間が広くて景色が句心に馴染み易く受け入れられるのであろう。
長子が来て、町のレストランを訪うた日。

隣家も早き朝餉や鵙高音　（聴覚）
紅の径黄金の径秋をゆく　（視覚）
人肌のふとすれ違ふ後の月　（触覚）
新海苔を嚙めば潟海広がり来　（味覚）

句日記での多作の反省は類想である。そこで大事なことは新年・春・夏・秋・冬の自分の歳時記を作り、季語の本意に添わない句と類句はどんどん捨ててしまうことだと思う。
待ち人来たらぬ日。

ホ句の秋妻の知らざる杖ついて　（時間）
颪にまだ明るさ残る木の葉かな　（視覚）
山茶花のかつ散る侘びを活けにけり　（時・空）
杖重く音時雨れゆく夜の厠　（聴覚）

やはり第一は実景だと思う。歩いて空気に触れ、その地の土の匂う感動は伝わり易い。醍醐味は景を自分の人間味で表現出来た時で俳句をやってて良かったなと思います。

生涯の一句も無しに河豚喰らふ　鉄仙

今日は柚子を一袋もいで来た。柚子湯に入り、もう少し長生きをして、人間味と一句の味を深めたいと思っている。

静雲先生

藏本聖子

俳句。「五・七・五」の十七文字の中に季題（季語）を入れる、それぐらいの知識しかなかった私が、俳句を詠んでいた両親にのせられて俳句を詠み始めたのは、今から四十数年も前のことである。

福岡県太宰府に花鳥山佛心寺という俳諧寺があり、開山住職として河野静雲先生が居住し、『冬野』主宰であった。両親が投句していたので、私も連なった。

その頃の私は、俳句に対して興味があったとはとても言えない。いつも母に尻を叩かれながら投句をしていて、締切に間に合わずうち過ごすこともしばしばであった。当時は、専用の投句用紙があったわけでもなく、葉書に句を書いて出していた。

河野静雲先生の偉大さを全く解ってはいなかった。私が俳句を始めたのが、昭和四十八年である。静雲先生はこの翌年一月二十四日、八十七歳で入寂。先生と直接お目に掛かったのは一、二度だったと記憶している。小さくて、背中がまんまるくて、黒っぽい詰襟の服を着ていらっしゃった。とても小さなおじいちゃんだなあという印象が強く、今でも静雲先生といえばこの折のお姿が思い浮かぶ。

先生との接点は僅か一年足らずでしかない。が、母と共に静雲先生の御葬儀にも参列した。御葬儀に参列する母を車に乗せて行き、私も末席に加わった程度のものでしかない。私に今のような俳句に対する思いがあったならば、より深い静雲像が追憶鮮やかであったろう。

僅かな時とはいえ、静雲先生にお会いするご縁に恵まれ、数回でも選を仰ぐことができたことは、私にとって幸せに思えてならない。けれど、その好機に気付かずにいた若き日の自分が悔やまれる。

この頃から今に至るまで、マイペースで俳句を詠んで来たし、多分これからもきっとこのままの姿勢で歩いて行くのだろう。

そんな私が、この度、新生俳誌『六分儀』編集室に加わり、これまでの句日記を一冊に纏めることになり、目下、編集という未知な一歩を踏み出そうとしている。今号に掲載される「川端茅舎発掘関連資料6」の中の、板付空港（現福岡空港）で撮られた往時の写真が目に留まった。高濱虚子の隣の静雲先生の姿、俳句初心の頃の静雲先生との遠い記憶がよみがえる。

算数ノート

柳内あず実

先日は、久しぶりにお声を聞くことができて、心機一転、復刊再スタートのお知らせに、わくわくと心弾む時間となりました。

便りのないのはよい便り。いえ、それ以上のビッグニュースで、お二人のパワフルさに驚きました。そして、大した働きができそうにない私を、またお誘いくださったことに感謝しています。

薫さん孝枝さんの夢を叶えるお手伝いができたらいいな。

そんな心持ちだけでお役に立てるのか不安もありますが、また一緒に編集作業をさせていただきたいと思います。

小さい頃から図形が好きで、定規や分度器、コンパスを使って図形を描く算数の時間が楽しみでした。

つい最近、小学校の担任の先生とお会いする機会があり、私が六年生の時の算数ノートを渡されました。先生が今まで預かってくださっていたのだそうです。過分なお言葉もいただき、びっくりするやら、うれしいやら。

そして、理系ではなかったのですが、高校では天文部で、かつては星座の名前をたくさん覚えていたことも思い出しました。

算数と星が好きだった私が、薫さん孝枝さんと出会い、畑違いの俳誌編集に関わって八年目。「六分儀」

ここで全部つながりました。言葉の響きも意味も、身体の中にすうっと入ってきたのです。

「自分の緯度が正確にわかる」。これが特に印象的でした。自分の立ち位置がなかなか定まらずにいるので……。

ロゴも封筒も名刺も、とっても素敵です。

これから編集に関わる中で、自分の位置を確かめながら、私も少しずつ前に進んでいけたらいいなと思っています。お二人の夢に伴走して、自分の夢を発見する旅への再出発です。

志士たちの史料より

俳句・短歌・漢詩

多田　薫
多田孝枝

日本変革期、時代の激流に翻弄された幕末。志士とは、一般に日本の江戸時代後期の幕末において活動した在野の人物を指す歴史用語です。『論語』にある「志士仁人（じんじん）」が語源で、天下国家のため正しいと信じたことを、命をかけて貫く人物像を指します。その〝高い志〟は、時空を超えて、文芸の核となるものだと思います。

ここに、心惹かれる志士たちの史料より、ほんの一部を繙いてみます。（順不同）

坂本龍馬

文開く衣の袖はぬれにけり海より深き君が美心
春くれて五月まつ間のほととぎす初音をしのべ深山べの里
人心けふやきのふとかわる世に独なげきのます鏡かな
世の人はわれをなにともゆはばいへわがなすことはわれのみぞしる

高杉晋作

敵地とは思へど月の景色かな

いまさらに何をかいはむ遅桜故郷の風に散るぞうれしき
吾去れば人も去るかと思いきに人びとそなき人の世の中
後れても後れてもまた後れても誓ひしことを豈忘れめや
西へ行く人を慕うて東行くわが心をば神や知るらむ
面白きこともなき世を面白くすみなすものはこころなりけり　［下の句は野村望東尼詠む］

西郷隆盛

ふたつなき道にこの身を捨小舟波たたばとて風吹かばとて

吉田松陰

かくすればかくなるものと知りながらやむにやまれぬ大和魂
帰らじと思ひさだめし旅なればひとしほぬるる涙松かな

久坂玄瑞

はかなくも浮世の人のあだ桜いづくの野辺にちらんものかは
時鳥血　爾奈く声盤有明能　月与り他爾知る人ぞ那起
ほととぎす　ちになくこえはありあけの　つきよりほかにしるひとぞなき

伊藤博文

常陸帯読めば涙の玉ぞ散る人を動かす人のまことの

桂小五郎［木戸孝允］

今宵こそ君にひかれてたどりゆく夜のちまたに酔ふものはわれ

山県有朋

あたまもるとりでのかがり影ふけてなつも身にしむ越しの山風

中岡慎太郎

降りしきる雨を冒して思ふどち急ぐ旅路の川渡りかな

武市半平太

ふたたびと返らぬ歳をはかなくも今は惜しまぬ身となりにけり

真木保臣

大山の峯の岩根に埋めけり我とし月のやまと魂

江藤新平

ますらをの涙を袖にしぼりつつ迷ふ心はただ君がため

山岡鉄舟

晴れてよし曇りてもよし不二の山もとの姿はかはらざりけり

腹痛や苦しきなかに明けがらす

大村益次郎

君が為捨つる命は惜しからてただ思はるる国の行末

吉村虎太郎

曇りなき月をみるにもおもふかな明日はかばねの上に照るやと

木嶋又三郎

議論より実をおこなへなまけ武士国の大事を余所に見るばか

安嶋帯刀

強いてふくあらしの風のはげしさに何たまるべき草の上の露

武田耕雲斎
かたしきて寝ぬる鎧の袖の上におもひぞつもる越のしら雪

寺島忠三郎
武士の道こそ多き世の中にただ一筋のやまと魂

宮部鼎蔵
いざ子供馬に鞍おけ九重の御はしの桜散らぬそのまに

清川八郎
魁けてまたさきがけん死出の山迷ひはせまじすめらぎの道

佐々木只三郎
先がけて折れし忠義のふた柱くづれんとせし軒を支へて

津川喜代美（白虎隊）
かねてより親の教えの秋はきて今日の門出ぞ我はうれしき

飯沼貞吉（白虎隊）

日の御子の御かけあふぎて若桜ちりての後も春を知るらん

伊東甲子郎［新選組総長　山南敬介　弔歌］

春風に吹きさそはれて山桜散りてぞ人におしまるるかな

平野國臣

いくめぐりめぐりて今年橿原の都の春に逢ひにけるかな
生野山まだ木枯らしもさそはぬにあらた紅葉のちりぢりにして
天つ風吹くや錦の旗の手に靡かぬ草はあらじと思ふ

勝　海舟

ぬれ衣をほこさんともせずこどもらのなすがまにまに果てし君かな
せめつづみ御旗なびかしたけびしも昔は夢のあとふりたける

「勅語奉答　作詞」

あやにかしこき　すめらぎの　あやにたふとき　すめらぎの　あやにたふとく　かしこくも　下したまへり　大みこと　これぞめでたき　日の本の　国の教えの　もとゐなる　これぞめでたき　日の本の人の教えのかがみなる　あやにかしこき　すめらぎの　みことのままに　あそしみて　あやにたふときすめらぎの　大御心に　答へまつらん

松平容保

幾人の涙はいしにそそぐともその名は世々に朽ちじとぞ思う

近藤　勇

「時世　漢詩（七言律詩）」

孤軍援絶作囚俘
顧念君恩涙更流
一片丹衷能殉節
睢陽千古是吾主儔

（書き下し文）

孤軍縁援(たす)け絶えて俘囚となる
顧みて君恩を思へば涙更に流る
一片の丹衷能(よ)く節に殉ず
睢陽(すいよう)は千古是れ吾が儔(ともがら)

其二

靡他今日復何言

取義捨生吾所尊
快受電光三尺劔
只將一死報君恩

（書き下し文）

他に靡き今日復た何をか言わん
義を取り生を捨つるは吾が尊ぶ所
快く受けん電光三尺の剣
只に一死をもつて君恩に報いん

土方歳三（『豊玉発句集』より抜粋）

さしむかふ心は清き水かがみ
菜の花のすだれに登る朝日かな
裏表なきは君子の扇かな
手のひらを硯にやせん春の山
願ふことあるかも知らす火取虫
春の夜はむづかしからぬ噺かな
水の北山の南や春の月
横に行き足跡はなし朝の雪
年々に折られて梅のすかた哉

春の草五色までは覚えけり
朝雪の盛りを知らす伝馬町
春雨や客を返して客に行
うくひすやはたきの音もつひやめる
公用に出て行みちや春の月
叩かれて音の響きしなずなかな
よしや身は蝦夷の島辺に朽ちぬとも魂は東の君やまもらむ

少年の絵馬

大賀良子

源流を天山となす稲の花

水澄むや鉢に飼はれし稚魚の影

茶釜にて秋の蚊遣りを焚ひてをり

街道の蔵いつぱひの秋の風

秋冷の山のふもとに煙立つ

弾痕のいまも昔も秋深む

秋風に色あらばとぞ思ふ

秋の水母髱（たぼ）髪に似たるかな

板塀のつづく町家や草の花

石垣は卵のかたち鵙日和

秋風や供華なき墓のあるばかり

身に込むや箱階段のささくれて

秋の蟬潮満つやうに引くやうに

少年の絵馬や八月十五日

枝川もいづれは大河豊の秋

ひとひらの欠けをるけふの鰯雲

新藁の嵩や土鈴の天日干し

水音も暮秋の色となりにけり

逆光の霊峰に雲冬隣

小鳥来る九十九島の展望所

約束の

藏本聖子

母連れて行く約束の花野かな
感激の阿蘇の花野に母とゐて
朝霧の湧く中庭の露天風呂
阿蘇の旅母の笑顔や花野中
句碑に佇ち無口になりし母花野

師の句碑に寄り添ひ涙母の秋

母乗せて車椅子押す阿蘇花野

秋風や大観峰の句碑に佇つ

噴煙の沸き上がりたる秋の空

師の句碑の辺に母とゐて爽やかに

母の瞳に涙花野の句碑に佇つ

停車して見たる噴煙天高し

花野径車の速度落としつつ

遠回りしても花野を見てホテル

この起伏続く限りの花野かな

霧湧ひてきて阿蘇五岳隠れけり

旅二日目の秋晴や草千里

母軽し秋風にさへ倒れさふ

火山灰（よな）汚れしてどこまでも草の花

銀河濃し阿蘇高原のホテルかな

稲孫

古賀伸治

旄倪の手つなぎ帰る秋の暮

稽田の秕を突くすずめかな

晩学の一途な十駕稲孫萌ゆ

金柑酒ならばと妻も一献す

秋の暮黙も会話と言ふけれど

斎田の稲孫の伸びを尊崇す

渡船場に島訛聴く秋の暮

朝市の撥物半値浅漬に

磯城島の稲孫の伸びよ御供田

御製碑を膝つき拝す草紅葉

鬼門守る朱の弥増せる草珊瑚

銀杏散る風はラルゴを楽しめる

実千両飾る一卓算賀の辞

神田の稔る勢の稲孫かな
考へる脳忘れて日向ぼこ
銀杏散る中婚媾の祓はるる
赫赫とてだを威嚇し石榴笑む
明浄の丹朱を放ち草珊瑚
神の田の手刈りに萌ゆる稲孫かな
頭からてだ強悍す甘蔗噛む

花の四季

酒井大輔

谷間（あい）の小さき日溜り藪柑子

絵馬ゆらす風の匂へり梅二月

妻の手を杖に退院桃の花

花馬酔木開きしままの坐禅堂

花辛夷今朝の浅間は晴れ渡り

手をさするのみの見舞やシクラメン

村の子はうなづくばかり花杏

出棺は雨となりけり濃紫陽花

十薬や岩窟(いわや)深きにマリア像

（八丈島）
ユッカ咲く海鳴り高き流人墓地

森閑と続く町並み百日紅

声高に嫁取るはなし稲の花

露草の眼そらさぬ立ち話

木犀に触れきし風の匂ひかな
坂なせる馬籠の宿(しゅく)やこぼれ萩
御嶽の空青々と蕎麦の花
くちなしの香を包みゆく夜の帷(とばり)
日本の景や棚田の曼珠沙華
木洩れ日の裏参道の花八手
枯れ果てて風に呟く芙蓉かな

新涼

多田薫

一日を二人きりなり窓の秋
みんみんと工事の音で目覚めけり
買物を終へ新涼のサイクリング
復刊の希みが叶ひ秋の虹
がんばれとエールの電話涼新た

新涼や代表となり名刺持ち
編集室四人揃ふよ天高し
出稿の追ひ込みといふ妻の秋
新涼や森崎さんと話す妻
秋の宵じやんけんだけは妻に勝つ
秋の朝ふたりで起きて食事して
秋の朝生協が来て始まれり
天高し二人で生きる至福かな

秋燈終日テレビ見てをりぬ

トントントンと槌音響く窓の秋

秋天や妻の吸ひ物母の味

槌音の大きくなりし秋の暮

秋惜しみ夫婦句会のつづきをり

秋灯群馬と久留米長電話

久闊の人に囲まれをりし秋

道標

多田孝枝

あこがれはひとりあなたは冬北斗
十一月十日の訃音動顚す
それ以来何するすべもない寒さ
身体中震へてをりし冬の夜
けふくらい休めと言はれゐる寒夜

留守電に切り替へしまま冬籠

木枯やどうか一人にしておいて

あの日より潤んでばかり冬灯

一切がモノクロとなる神無月

なにゆゑにこんな形の寒さなる

冬灯言の葉を恋ひ背（せな）を恋ひ

大丈夫と言ひつつ強くショール巻く

虎落笛時代遅れで不器用で

北風に吹かれ逢ひたく旅したく

冬北斗筑豊気質貫けり

冬北斗後ろ影さへ潔し

ひとすぢの道標なり冬北斗

北極星なりし彼方や冬銀河

追憶の二度（たび）の電話冬北斗

冬北斗くりかへし声よみがへり

つぶやき春秋

土居善胤

構えなく春を迎えていたりけり
一行の消息まぶしよき賀状
寒ごもり鉛筆削り本めくり
掌(てのひら)に舞う風もあり浅き春
入学式で
あの空をあげる　君たち一年生

花吹雪けじめつけたる思いして
花見客同じ顔ぶれこれでよし
春深し白磁のカップなじみたり
ほどほどに朧なるよしひと恋し
風薫るこの日喜寿なる御方に
ふるさとの青田に風の吹きわたる
夏風の島のポストに投げし文
いささかに浩然の気や雲踊る

姿（なり）ただしうたた寝しおる妻の夏

天我に入道雲の鼓舞の陣

明日の敵暑気奔騰と早く寝る

ひとつふたつ惜しまるひとの流れ星

明日もまた真っ白であれ障子貼る

天辺を剪ればぽっかり秋の空

たたずみて雑木林に秋日昏る

仁王の眼

中山十防

寒明の朝日に光る仁王の眼
水温み運河巡りの混み合へる
残る鴨見てゐて順路間違へし
春の旅路面電車に身をまかせ
オランダ坂校の路なり玉椿

堂跡にものの芽あまた立つ日和

園うらら食パンを待つ河馬の口

花散るや遠き札所の鐘ひびき

桃の花束ねて供華の閻魔堂

何時上げし賽の五円の春埃

落人の里の径なり濃山吹

十薬や謂れの壺井荒るるまま

山梔子の花に漱石旧居閉ぢ

夏蝶の国道越ゆる早さかな

夏の蝶かくかくかくと飛びにけり

境内はあなたまかせよ道をしへ

沢蟹の寺の御手洗塒とす

雛僧の経初々し盂蘭盆会

村の道通行止めの盆踊

虫の声妻のうたた寝長びける

別れ

故　**松尾鉄仙**

母の振るハンカチいつまでも残る
峠より風に別るる祭笛
一夏を離れ子ばなれ孫ばなれ
桐一葉空路の端に手を振れば
影の秋遅れて開く自動ドア

彼の川は今大通り秋の声
長崎の水を欲しがる墓洗ふ
枯四葩彼の日の雨も黒かりし
吾が家のバーコードたり鰯雲
稲妻に酌む農父母のシルエット
漸くの陽射しに稲の花ぽぽぽ
投入れの秋の草より野路の風
母むかし父二むかし曼珠沙華

人肌のふとすれ違ふ夕月夜

はなむけに朝寒の鳩近く鳴く

秋ひとり鳴き砂の声覚まし歩す

堤裂きの潟海二色冷まじき

しむ身かな病む子のドナーにもなれず

淋しさに枯鬼灯の揺れば鳴る

枯蟷螂母を引退して来しか

＊平成二十六年十二月二十五日永眠　合掌

〔川端茅舎直筆短冊〕

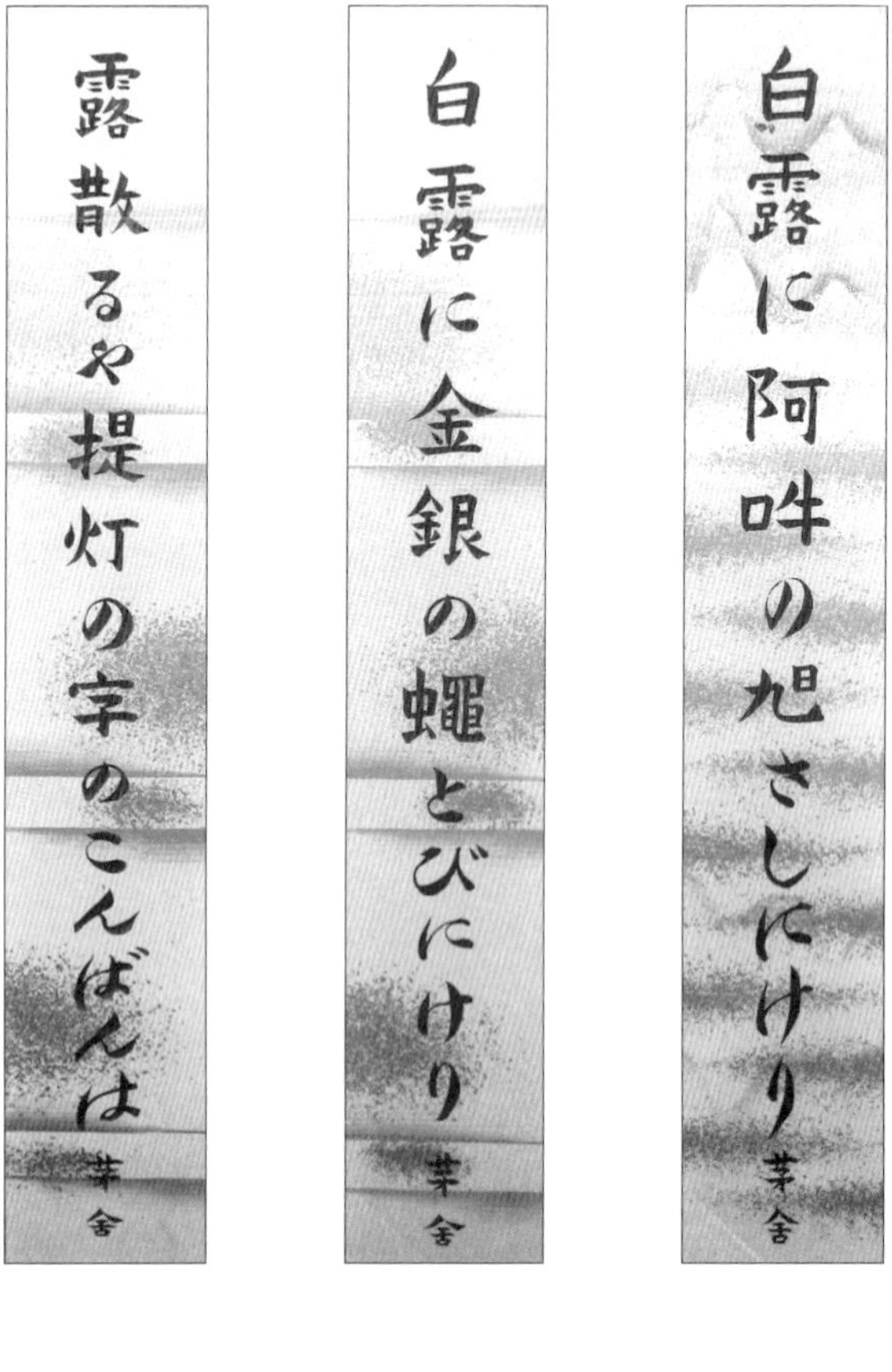
白露に阿吽の旭さしにけり
茅舎
白露に金銀の蠅とびにけり
茅舎
露散るや提灯の字のこんばんは
茅舎

川端茅舎発掘関連資料 6

直筆原稿▼虚子の絵、秋雨と燐家の…（俳句）　池内友次郎
直筆原稿▼「俳句の概念を考へる」高濱虚子
＊宗鑑より宗因までの時代などにわたる虚子の評論
直筆原稿▼「或日の雑談」冨士子・素十・立子・蚊杖・晴子・たかし・つや女
直筆原稿▼星野立子　虚子選
直筆原稿▼「山の湯」深田久彌
書簡▼杉村春子より
同封チラシ
直筆原稿▼「針供養見学記」吉屋信子
アルバムより▼九州関係写真六点

＊資料を解読し掲載するにあたり、旧漢字は新漢字に改め、仮名遣いは往時のままとした。一部は往時の『玉藻』（星野立子主宰時代）に掲載されているが、直筆原稿は所在不明となっていた未公開資料ばかり。資料所蔵の鎌倉虚子立子記念館の星野高士館長には引き続き資料公開の快諾をいただいた。心よりお礼を申し上げます。

分類・解読・文責　多田孝枝

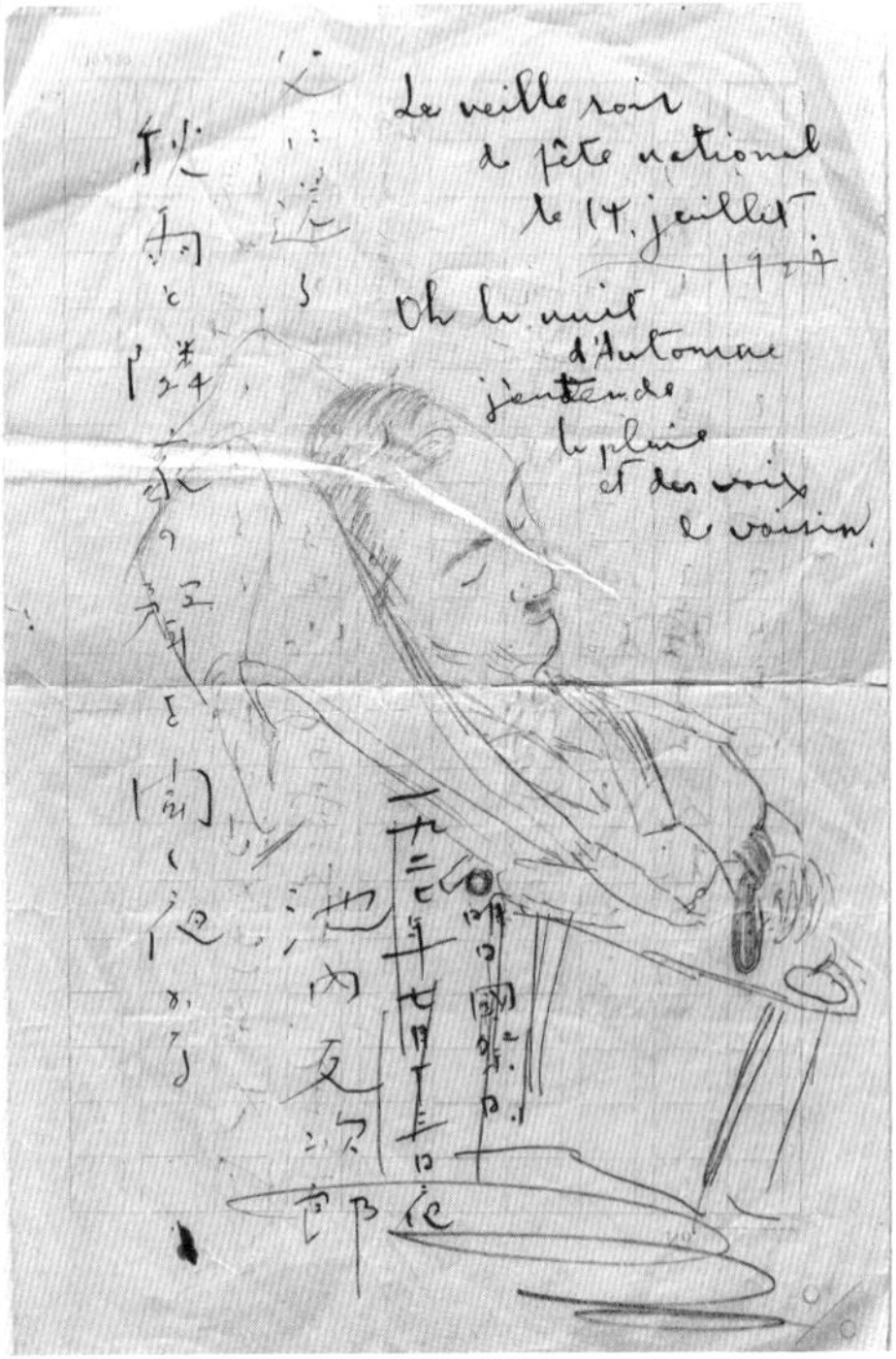

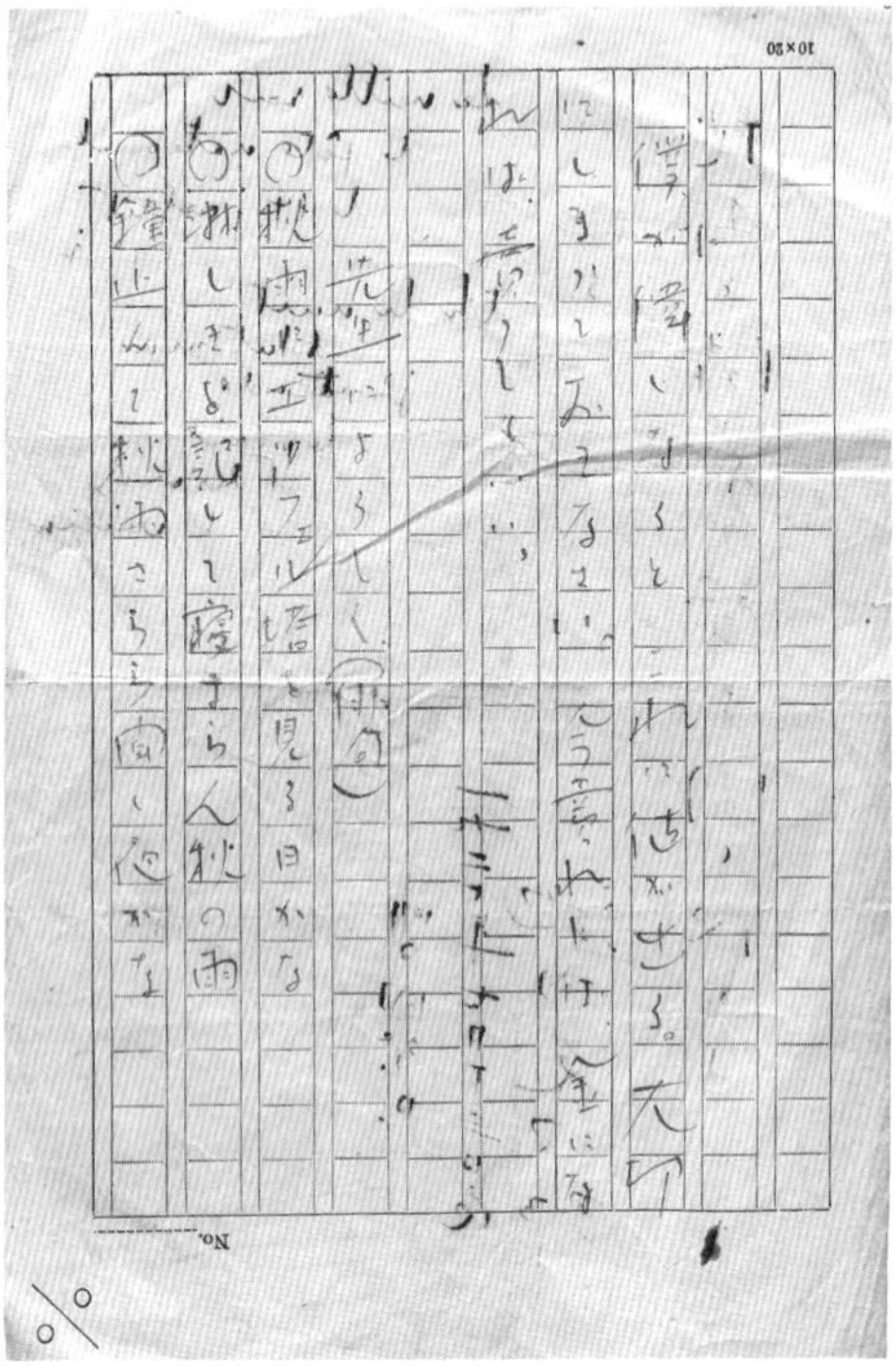

［直筆原稿　池内友次郎］

［表］

僕が偉くなると、これに値が出る。大切にしまっておきなさい。今売れゝば、金になれば、売ってもいい。

先生によろしく（俳句）

○秋雨にエッフェル塔を見る日かな

○淋しきを記して寝まらん秋の雨

○鐘止んで秋雨さらら聞く夜かな

［裏］

明日国祭日

一九二七年七月十三日夜

池内友次郎

父に送る

秋雨と隣家の聲を聞く夜かな

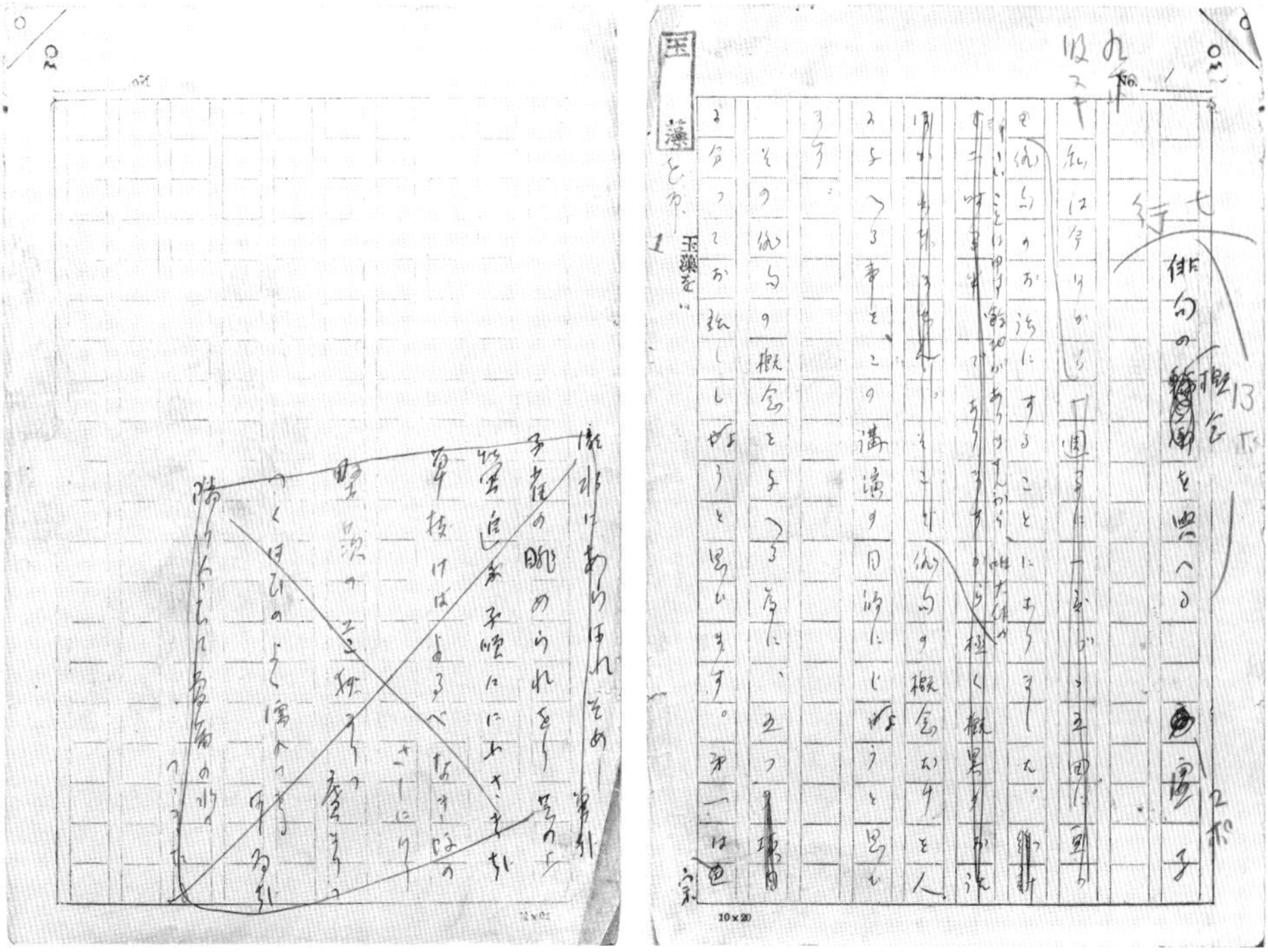

［直筆原稿　高濱虚子］

俳句の概念を与へる

虚子

私は今日から俳句のお話にすることになりました、詳しいことは申す余地がありませんから、唯大体の俳句の概念だけを人に与へる事を、この講演の目的にしようと思ひます。

その俳句の概念を与へる為に、五つに分ってお話ししようと思ひます。第一は宗鑑より宗因迄の時代、第二は芭蕉時代、第三は蕪村時代、第四は一茶時代、第五は子規時代より今日迄、斯う五つに分つてお話をして見ようと思ひます。斯う分けてお話しすると云ふと、俳句の歴史を主にしたもの丶様に聞えますが、歴史を解くのが此の講演の目的ではなく、前申したやうに、俳句といふもの丶概念、即、俳句の輪郭だけを明にするのが此の講演の目的でありまして、

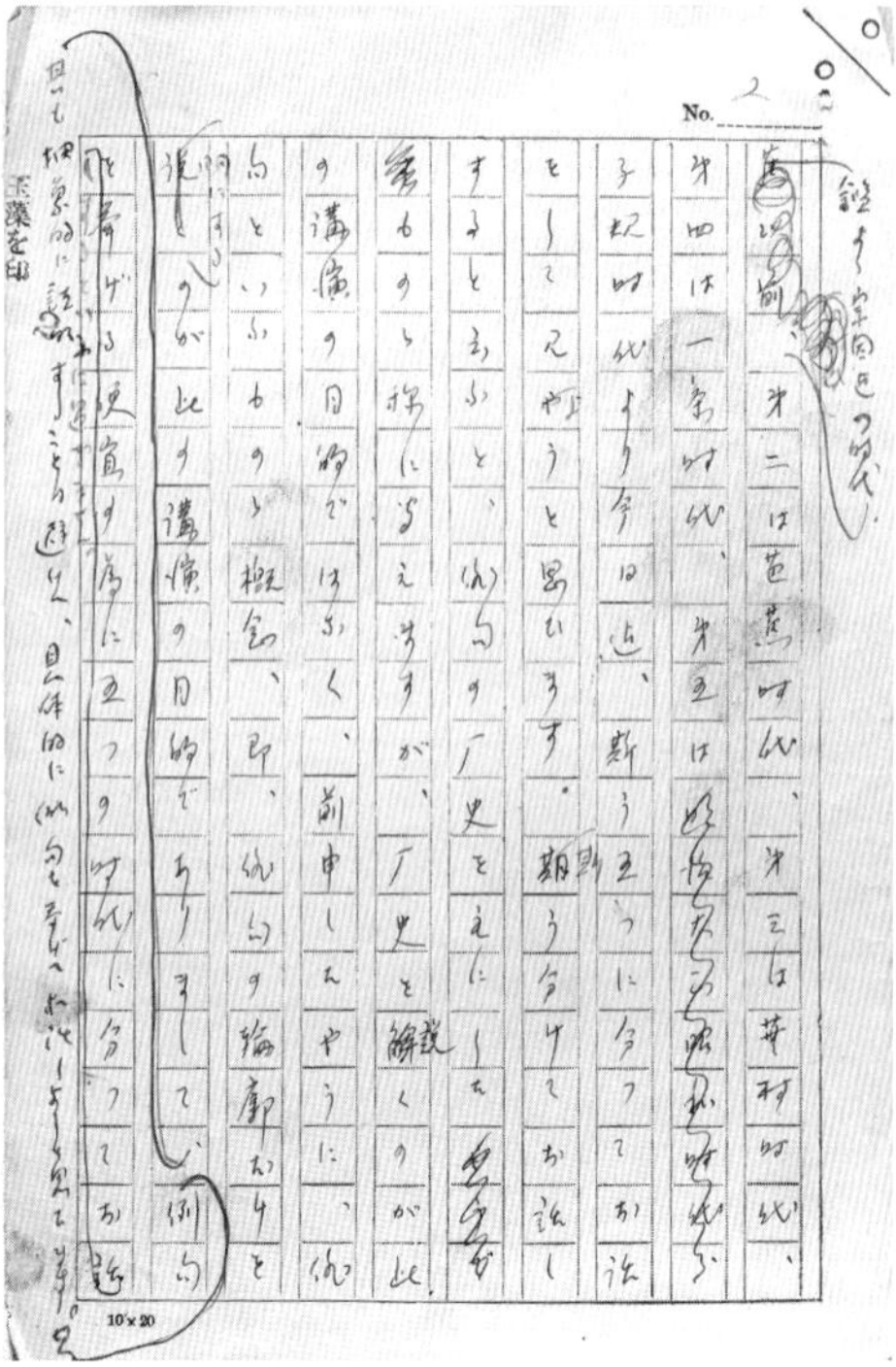

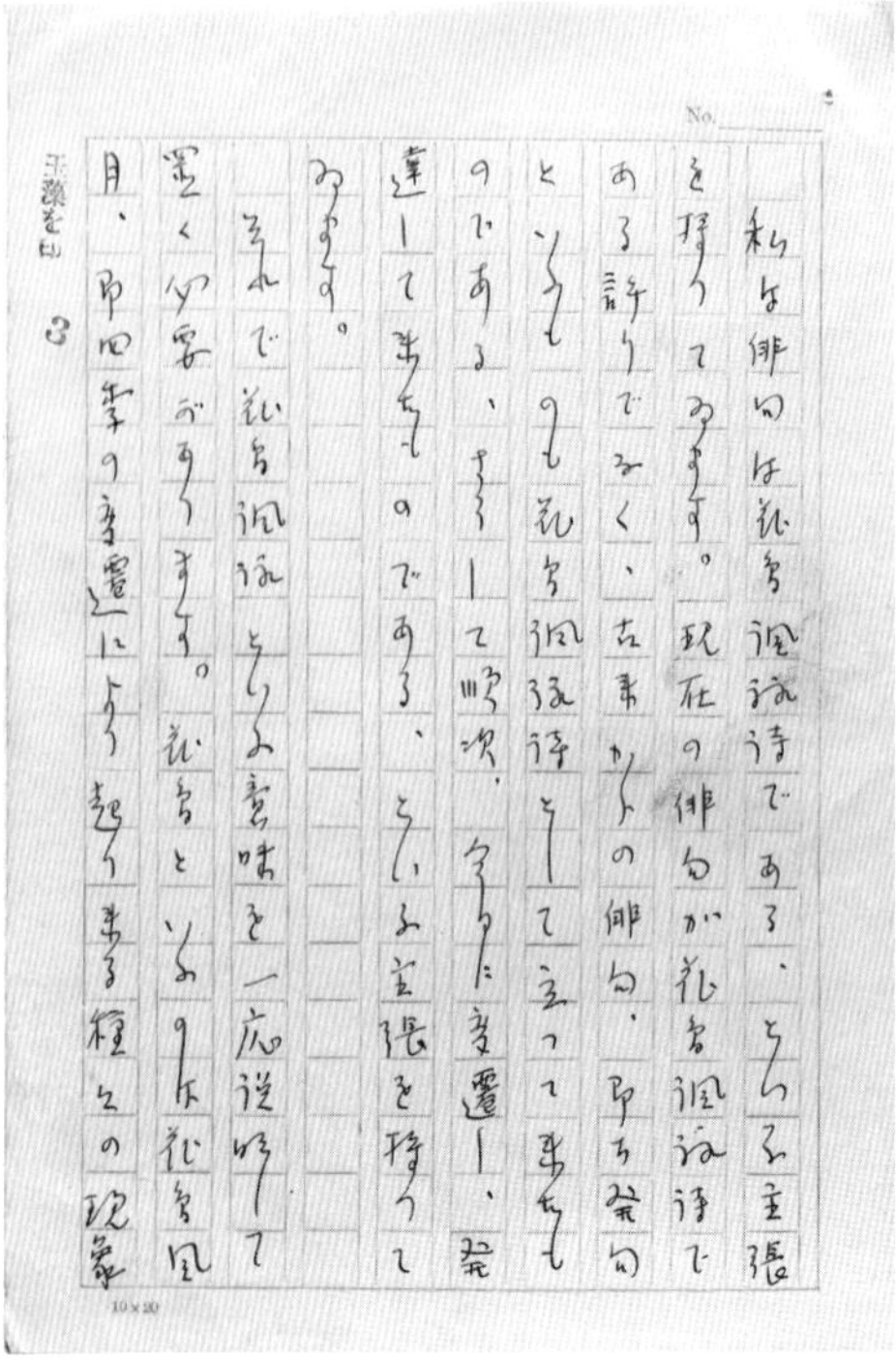

其も抽象的に説明することは避けて、具体的に俳句を挙げてお話しようと思ひます。只例句を挙げる便宜の為に五つの時代に分つてお話するといふに過ぎません。

私は俳句は花鳥諷詠詩である、といふ主張を持つてゐます。現在の俳句が花鳥諷詠詩である許りでなく、古来からの俳句、即ち発句といふものも花鳥諷詠詩として立つて来たものである。さうして順次、今日に変遷し、発達して来たものである。といふ主張をもつてゐます。

それで花鳥諷詠といふ意味を一応説明して置く必要があります。花鳥といふのは花鳥風月、即四季の変遷により起り来る種々の現象であります。即、春夏秋冬の種々の現象といふのであります。これを俳句では季題と呼んでゐます。

扨て今日の俳句ならば花鳥諷詠といつてよからうが、芭蕉以前の俳句の如きは滑稽諧謔が主であつて、花鳥諷詠といふのはをかしいではないかといふ説もありませうが、私は、さうではない、矢張り花鳥諷

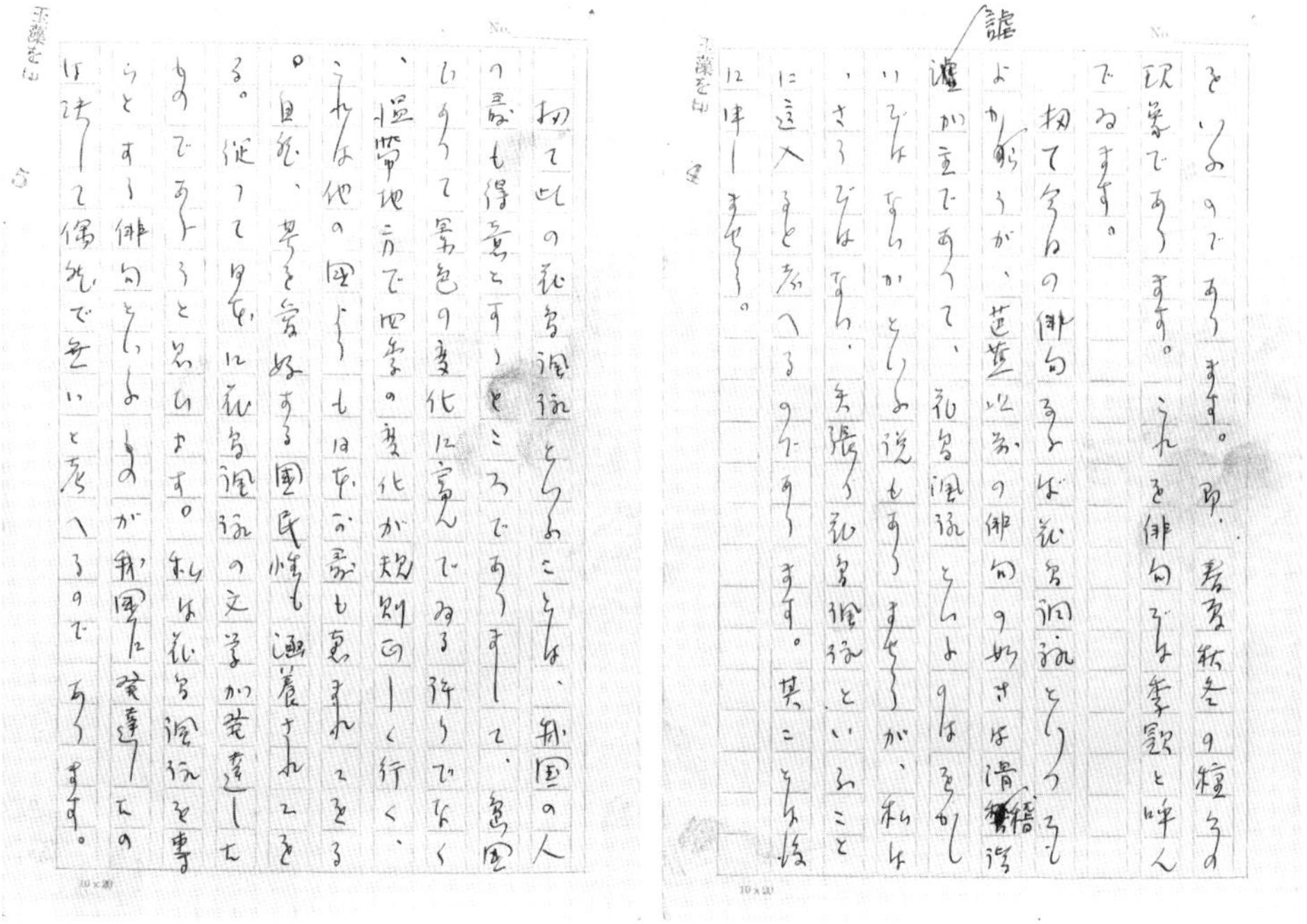

といふのであります。即、春夏秋冬の現象であります。これを俳句では季題と呼んでゐます。
扨て今日の俳句ならば花鳥諷詠といつてもよからうが、芭蕉以前の俳句の如きは滑稽諧謔が主であつて、花鳥諷詠といふのはなかつたといふ説もありませうが、私はさうではない、矢張り花鳥諷詠といふことに這入ると考へるのであります。其ことは後に申せません。

扨て此の花鳥諷詠といふことは、我国の人の最も得意とするところでありまして、島国であつて景色の変化に富んでゐる許りでなく、温帯地方で四季の変化が規則正しく行く、これは他の国よりも日本が最も恵まれてをる。自然、其を愛好する国民性も涵養されてをる。従つて日本に花鳥諷詠の文学が発達したのであらうと思ひます。私は花鳥諷詠を専らとする俳句といふものが我国に発達したのは決して偶然で無いと考へるのであります。

詠といふことに這入ると考へるのであります。其ことは後に申せませう。

　扨て此の花鳥諷詠といふことは、我国の人の最も得意とするところでありまして、島国であつて景色の変化に富んでゐる許りでなく、温帯地方で四季の変化が規則正しく行く、これは他の国よりも日本が最も恵まれてをる。自然、其を愛好する国民性も涵養されてをる。従つて日本に花鳥諷詠の文学が発達したものであらうと思ひます。私は花鳥諷詠を専らとする俳句といふものが我国に発達したのは決して偶然で無いと考へるのであります。

宗鑑より宗因まで

　元禄時代に松尾芭蕉と云ふ偉い人が出て、俳句界を一転化させました。即、俳句界の大恩人でありますが、その芭蕉以前の俳句といふものはどんなものであつたか、といふ事を調べて見ようと思ひます。

　俳句といふものが初まつた宗鑑、守礼時代から宗

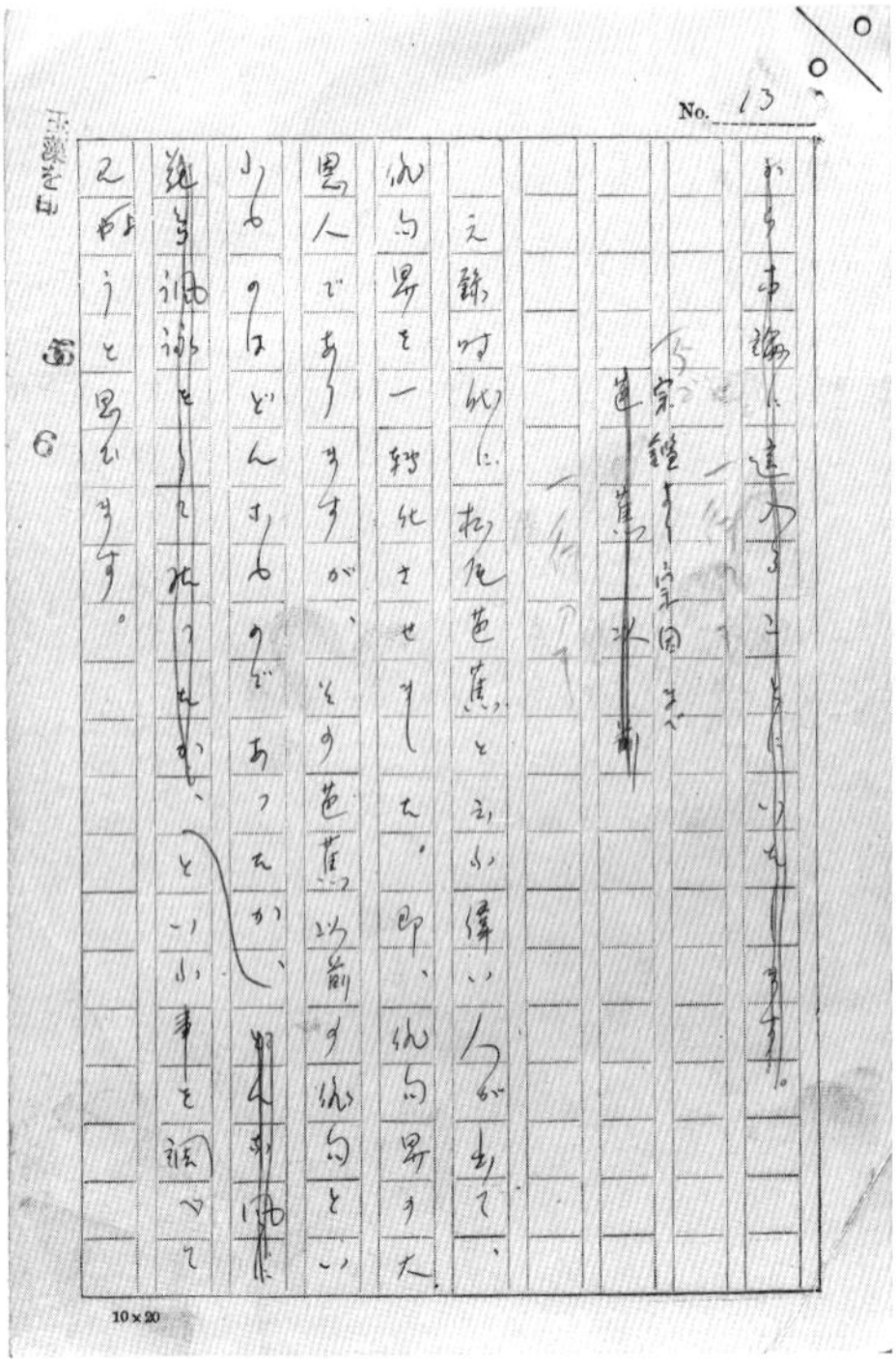

因に至る迄が概算二百年であります。芭蕉から今日迄が又、概算二百年になります。その宗鑑から宗因に至迄の二百年の間の俳句といふものはどういふ俳句であつたか、と申しますと、二百年の長い間のことであるから随分変化もありませうが、先づ大体に引つ括めて之れを云ふならば、自然界を愛好し其を讃美するといふ精神は根底にありながら、即花鳥諷詠といふ精神はありながら他の一方に滑稽諧謔を諷はうことを目的としたと云つてよからうと思ひます。例へば

　山﨑宗鑑かきつばたを折るとて池に臨むを御覧じて

　宗鑑がすがたを見ればがきつばた　近衛龍山公

山﨑宗鑑といふ人が大方近衛家に伺候して居つた時の事で御在いませう。庭の池の畔に下り立つて、その池に咲いて居る杜若を折らうとして居るのを竜山公がお覧になつて此句を作られたのであります。宗鑑は法體で頭を丸め墨の衣を纏うて居たのであり

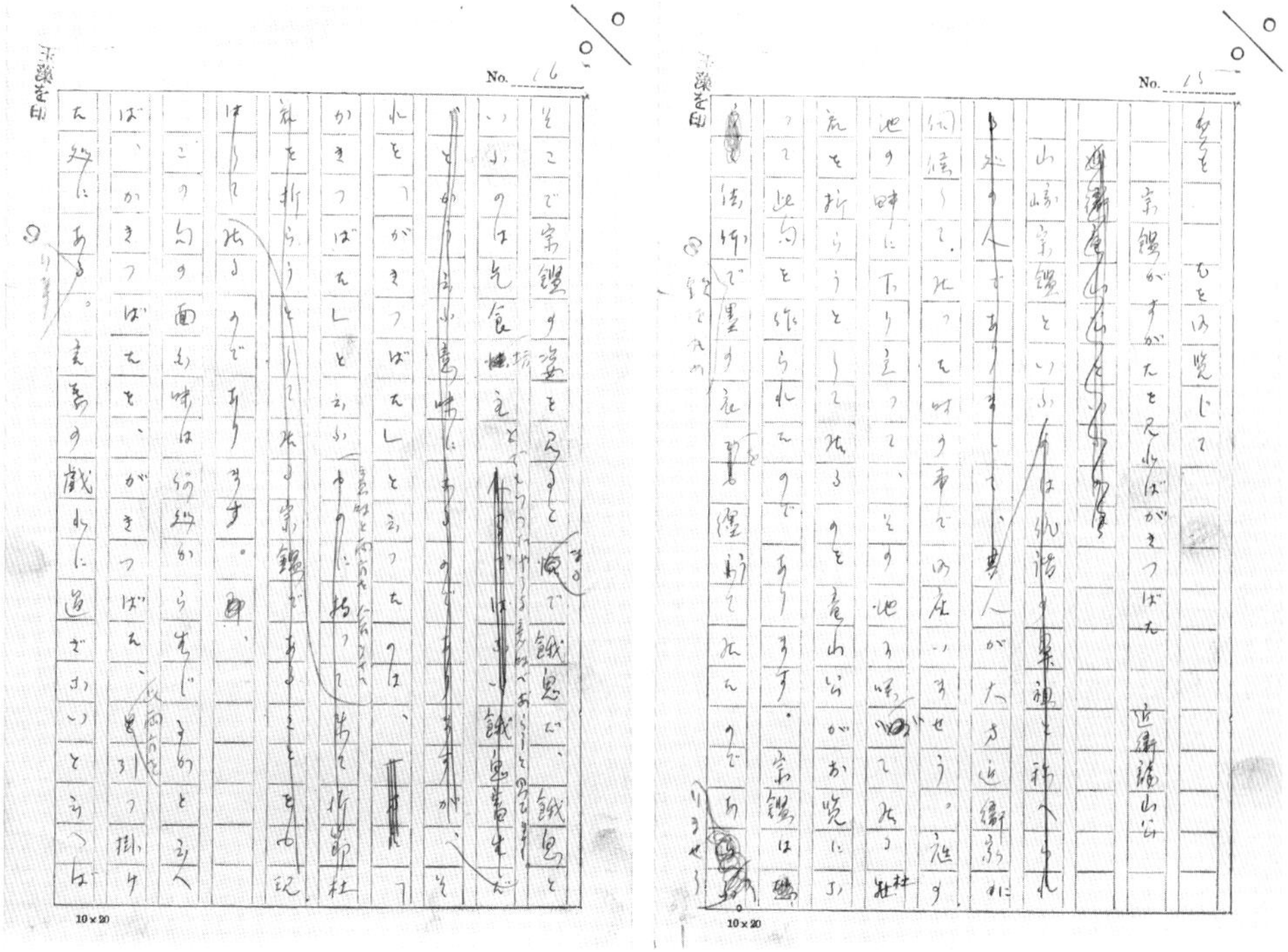

ませう。そこで宗鑑の姿を見るとまるで餓鬼だ、餓鬼といふのは乞食坊主とでもいつたやうな意味であらうと思ひます。それを「がきつばた」と云つたのは、「かきつばた」と云ふ意味と両方を含ませて居るのであります。

この句の面白味は何処から生じるかと云へば、かきつばたを、がきつばた、此両方を引つ掛けた処にあります。言葉の戯れに過ぎないと云へばそれ迄でありますが、然もよく思ひをひそめて見ますと此句の背後には、杜若に対する作者の讃美の情が籠つて居る。此句を読んで後に、何だか笑ひ度いやうな心持が起ると同時に一種の優し味を感ずるのは、その中に潜んでをる杜若に対する嬉しい情緒に同情するからであります。只文学の洒落ではありますが、花鳥風月の類を翫賞し讃美する、と云ふ心持が土台にあつて、其上に滑稽諧謔を専らにしてゐるのであります。今日から見て純粋の花鳥諷詠とは言へないかも知れませんが、然し、広い目からこれを見て云へば矢張り一種の花鳥諷詠でありました。花鳥諷詠の

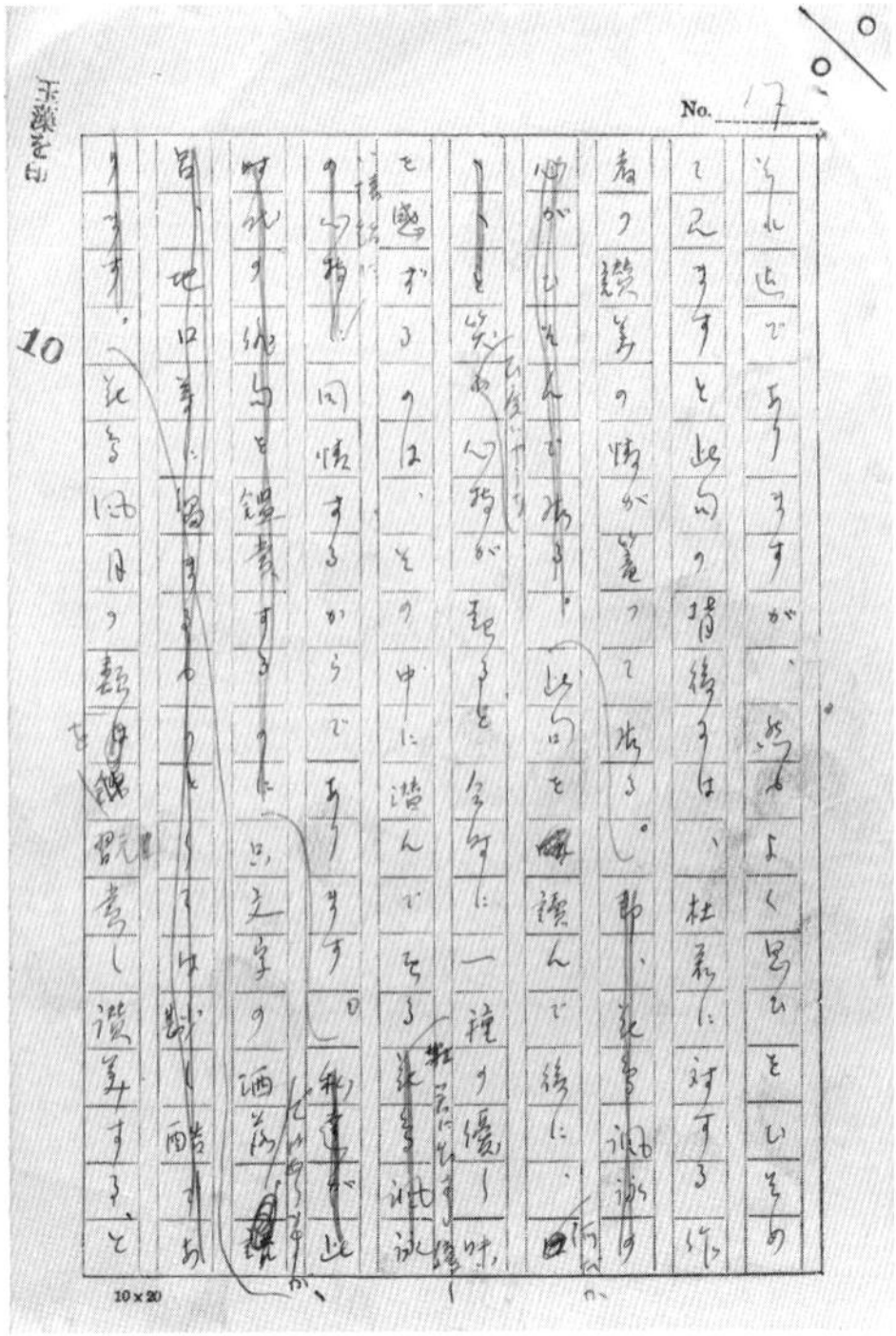

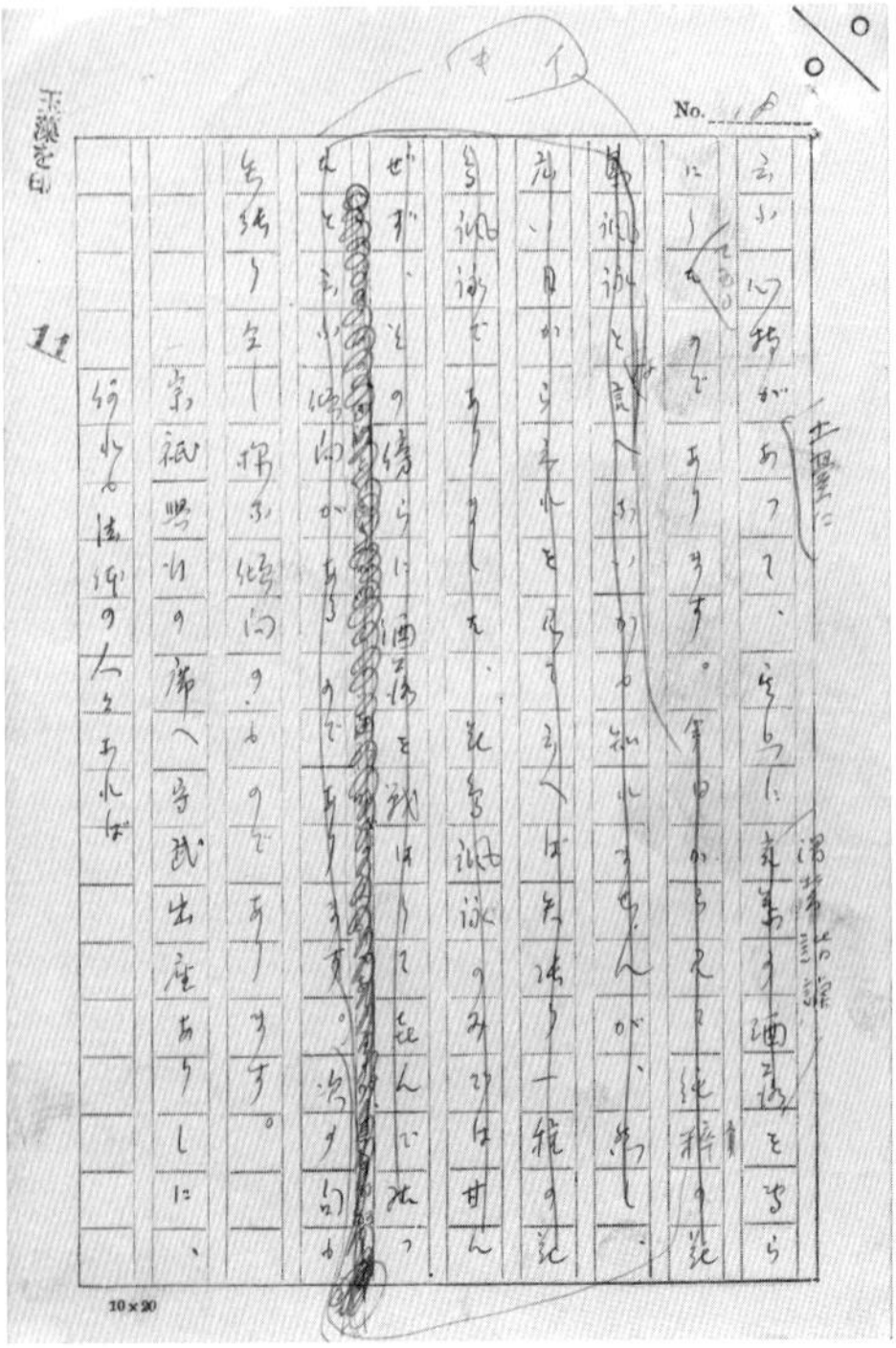

みでは甘んぜず、その傍らに洒落を戦はして喜んで居つたと云ふ傾向があるのであります。次の句も矢張り同じ様な傾向のものであります。

　　宗祇興行の席へ守武出産ありしに、
　　何れも法體の人々あれば
　お座敷を見ればいづれもかみな月　　守武

宗祇といふ連歌師の会の席へ守武が出た時分に詠んだ句であります。守武といふのは神官でありますが、座敷に出て見ると宗祇始め皆法體の人であつて、坊さんばかりである、皆髪がない、といふ事を云つたと同時に丁度その時分が旧暦の十月、即、神無月であつたと云ふことを現はしてゐるのであります。之れも面白味が「かみなづき」の終五字にあるので、頭に髪が無いと云ふことゝ、神無月といふことの両方を引つ掛けて言つたので、私達が読んで来て神無月に到つて微笑を禁じ得ないやうになるのであります。此句も根底には矢張り神無月といふものに対する作者の季の感じが土台になつて居て、滑稽は其上

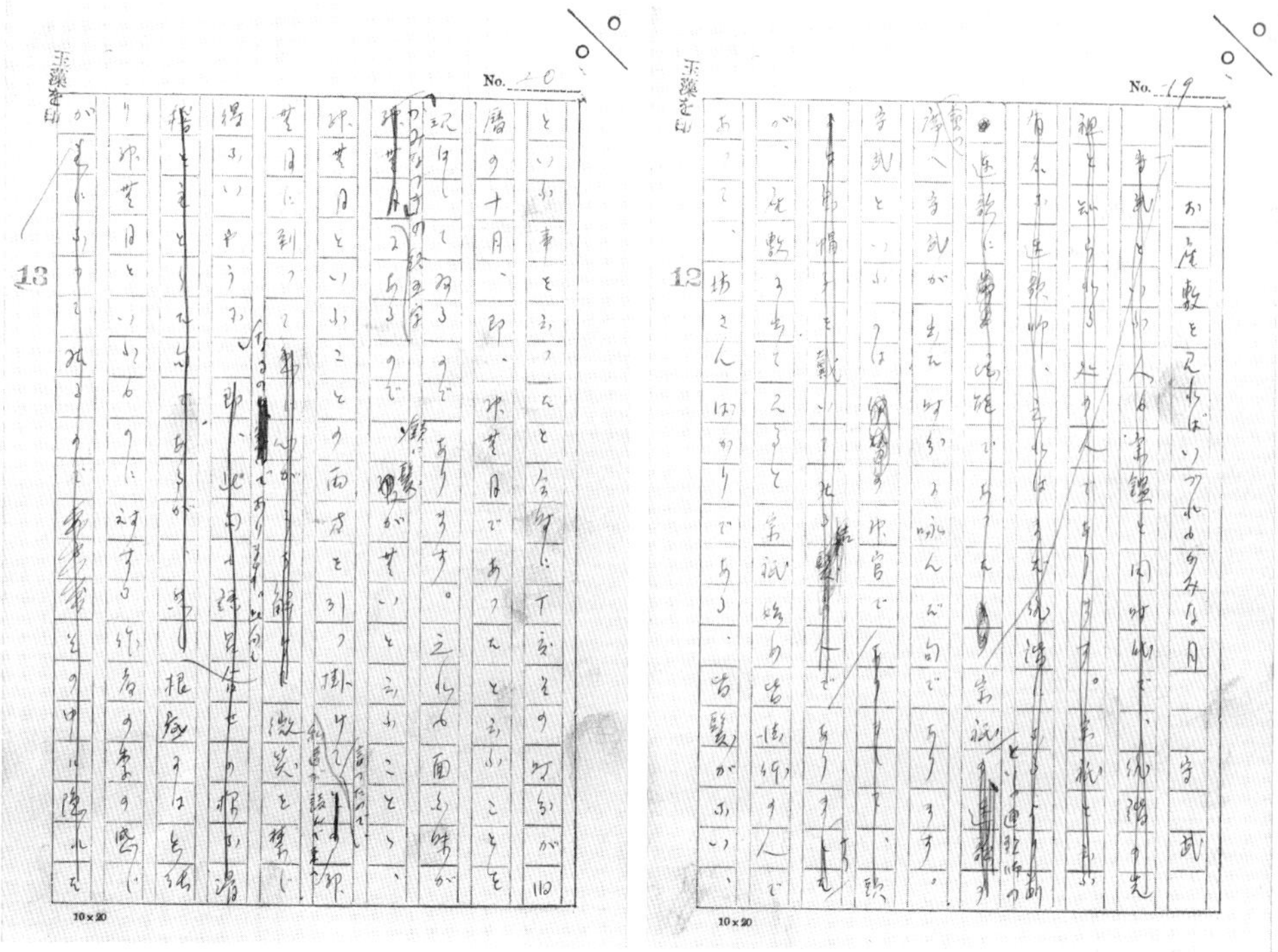

に築かれたものになるのであります。又、斯ういふ句もあります。

　おこし置いてねられぬ伽に炭火かな　未得

　この句もかんくと炭火を起して置いて、寝られぬ寒い夜の友にすると云ふのでありますが、人を起して置いて夜伽にすると云ふ、その両方の意味を運んで滑稽にした処が山であります。この句も炭火といふものに対する作者の趣味が土台になつて尚その上に起し置くといふ、人を起して置くといふ意味に引つ掛けた滑稽が句の綾をなして居ると見る可きであります。

　馬合羽雪打ちはらう袖もなし　令徳

　この句は、「駒止めて袖うち拂ふかげもなし佐野のわたりの雪の夕暮」と云ふ歌を踏んで作つた句でありまして、人が合羽を着て居るのならば雪の降りかゝつた袖を打ち払ふのであるが、馬が着て居る合羽であるから雪を払ふ袖のありやうが無い、といふ句であります。之れは前二句の語呂合せのような滑稽味とは稍々違つて、馬合羽には袖が無いといふ洒

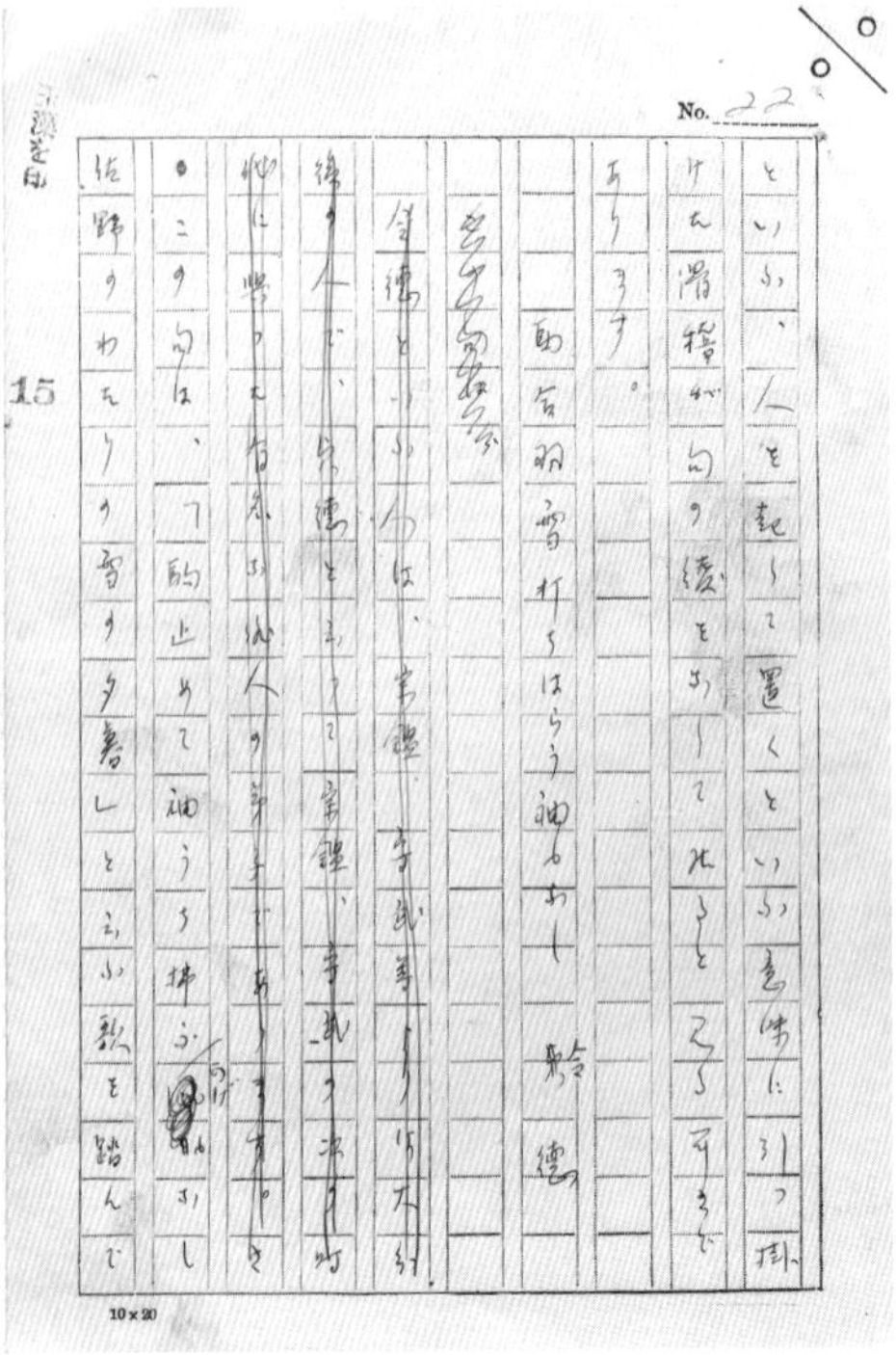

No. 22

といふ、人を起して置くといふ意味に引つ掛けた滑稽が句の綾をなして居ると云ふ可きであります。

[illegible]　貞徳

[illegible]

○この句は、「駒止めて袖うち払ふ蔭もなし佐野のわたりの雪の夕暮」と云ふ歌を踏んで

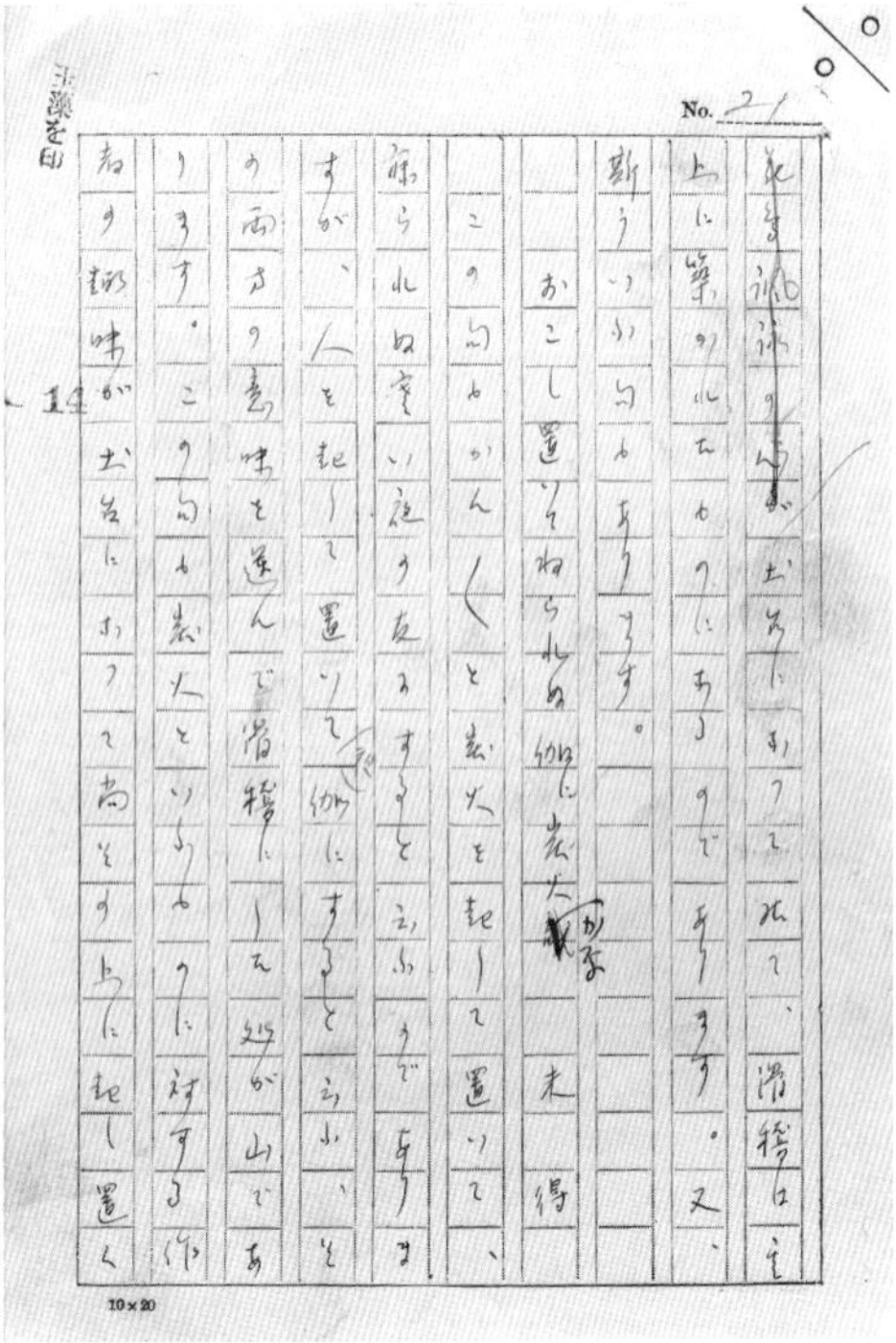

No. 21

花鳥諷詠の心が土台になつて居て、滑稽は云ふ上に築かれたものであるのであります。又、斯ういふ句もあります。

おこし置いてねられぬ伽に炭火かな　木得

この句もかん〳〵と炭火を起して置いて、寝られぬ寒い夜の友にすると云ふのでありますが、人を起して置いて伽にすると云ふ、との両方の意味を運んで滑稽にした処が山であります。この句も炭火といふものに対する作者の趣味が土台になつて尚それを上に起し置く

落れでありますが、然し、この句にしても吹雪といふものに対する作者の懐かし味が土台になつてゐる、一方には花鳥諷詠の情緒があり、他方には洒落を云ふといふやうな欲求があつて出来た句であります。

霧の海そこなる月はくらげかな　貞徳

この句は、霧の濃ゆくかゝつ居る空の月を見て、その日は丁度海の底のくらげを見るやうだと云つたのであります。が、それぱかりではない、霧の海といふのは、よく言ふ言葉でありまして、深く霧のかゝつてゐるのは、丁度海のやうに見える処からさう云ふのでありますが、此句はその海を縁語として云つたのであります。又、こんなのもあります。

うばそくがうばひて折るや姥桜　日如

優婆塞、優婆夷と云ふ言葉がありまして、うばそくといふのは俗家にありて仏門に入りたる男子、まあ坊さんでありますが、――うばゐといふのは尼さん――それが先きを争うて桜を折ると云ふ事を云つたのであります。「う」の頭韻を踏んだ上に、此の句にはうばゐ、うば塞、の二つがはひつてゐる、其が

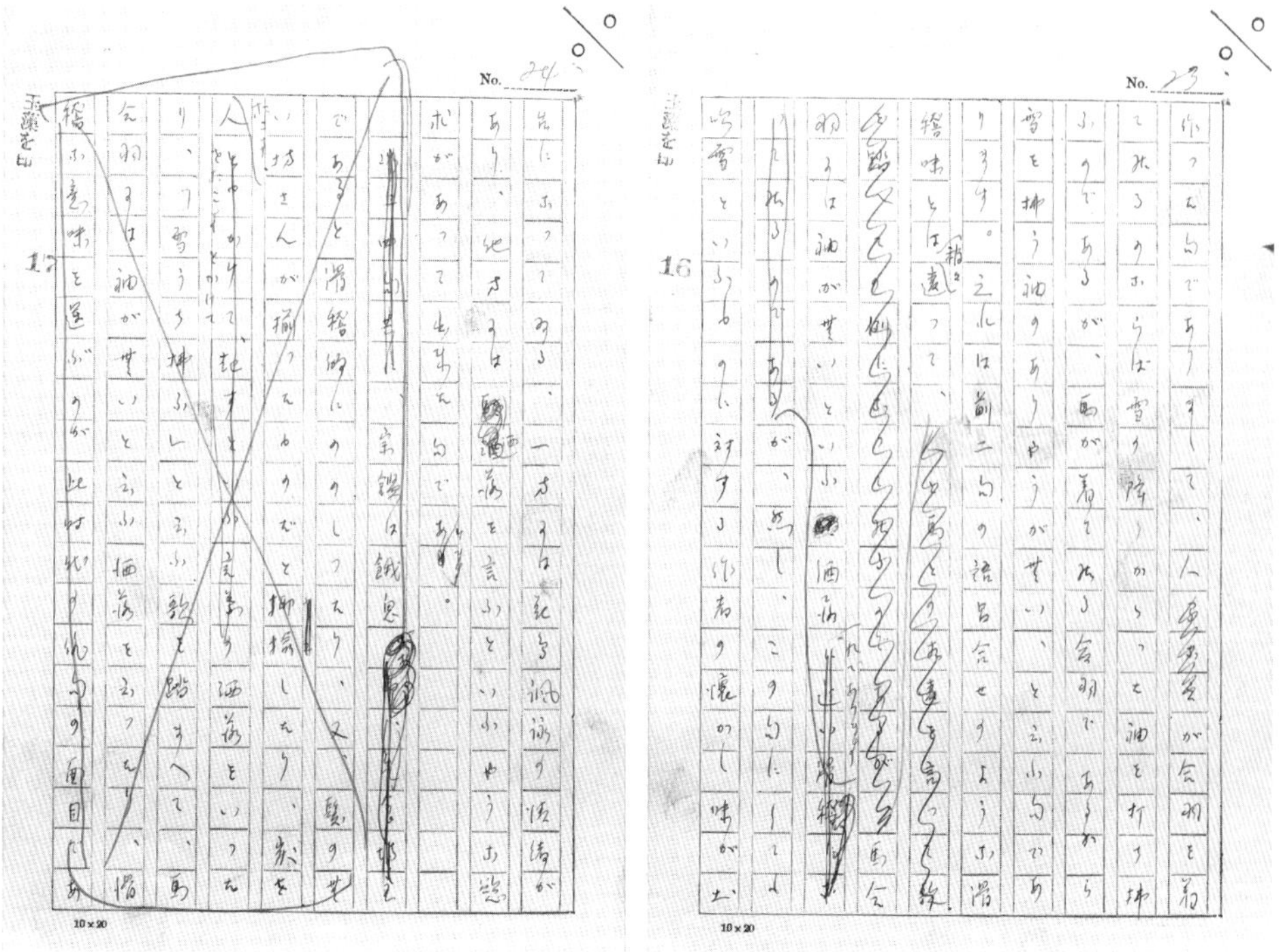

趣向になつて居ます。

元日にさくはあら玉椿かな　安明

元日に玉椿が咲ゐて居る、といふだけの句でありますが、新玉の年たち返る元旦に玉椿が咲く、即ち、玉の字を両方に引つ掛けた処が、此句の面白味になつて居ます。

犬と猿の中立なれや酉の年　一葉子

犬猿畜ならずと申しまして犬と猿は仲の悪いものとなつて居ります。が、さる、とり、いぬ、と十二支の順序に読んでゆくと酉は申と戌の丁度真中に挟まつてゐる、そこで申にも即かず戌にも即かず中立の酉の年だ、と洒落を云つたのであります。或酉の市の元日に出来た句であります。

春は立ち人はつくばふ礼者かな　伯貞

旧暦の新年は殆んど立春と同じ時候であつたから、立春になつて恰も元日であるから礼者が来る、其礼者は慇懃に辞儀をする、といふことを春は立ち人はつくばふ、と云ふ風に滑稽に言つたのであります。

郭公いかに鬼神も慥にけり　宗因

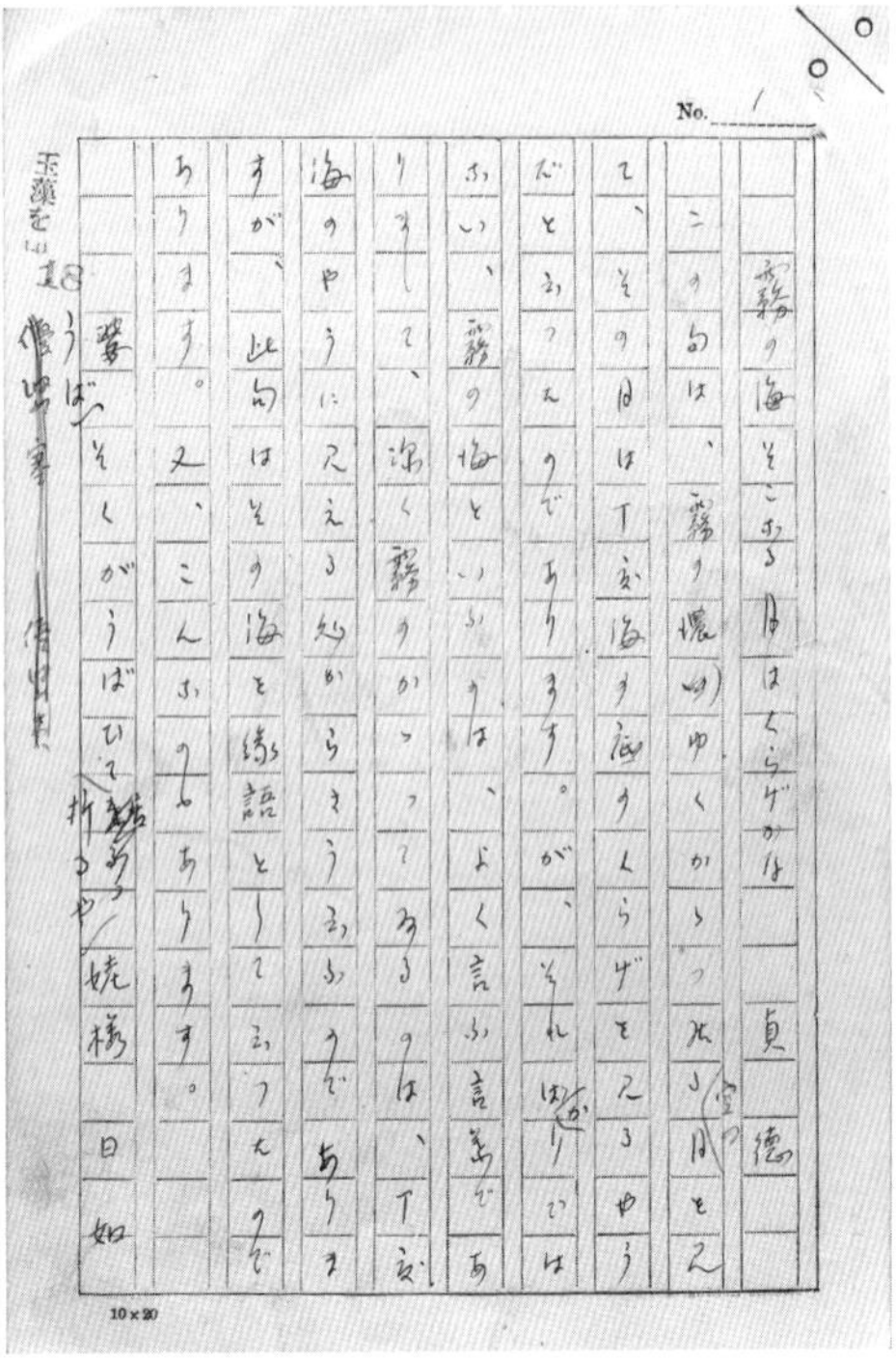

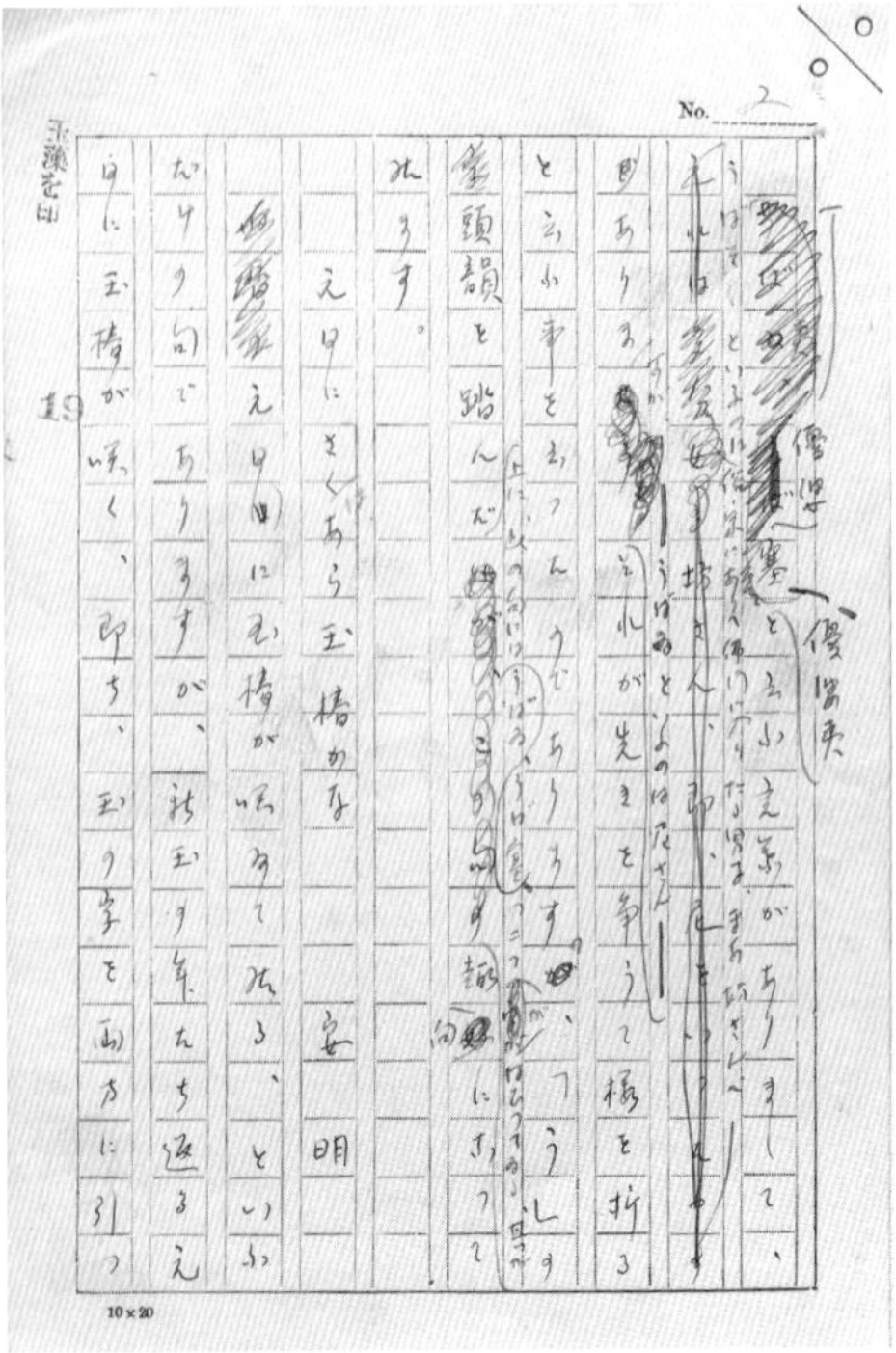

いかに鬼神もたしかにきけ、と云ふのは、「田村」といふ謡にある文句でありまして、坂上の田村麿が、東夷を征伐する時分に、いかに鬼神もたしかにきけと勇ましく名乗を挙げた文句があるのです。時鳥のテツペンカケタカ、と啼く調子が勇ましく恰も田村麿が鬼神に呼びかけた様な響きが有ると云つた句であります。多寡が時鳥の啼き声くらゐを仰山に、いかに鬼神も慥にきけと云つたので滑稽になつてゐます。

帰国の次手に鎌倉へまかりしに幽山似春追来て三吟に、

よれくまん両馬が間に磯清水　宗因

之れは、宗因が江戸に来てをつて大坂へ帰る次手に鎌倉へ立ち寄つた、それを幽山、似春といふ二人が追ふて行つて一緒に句を作つた、その時分に出来た句である。之れも「実盛」と云ふ謡が、実盛に限らず戦記ものが土台になつて出来た句であらうと思ひます。実盛のことをいへば、実盛が討死をする時分に、手塚の太郎に呼びかけて、こちらに寄れ組ま

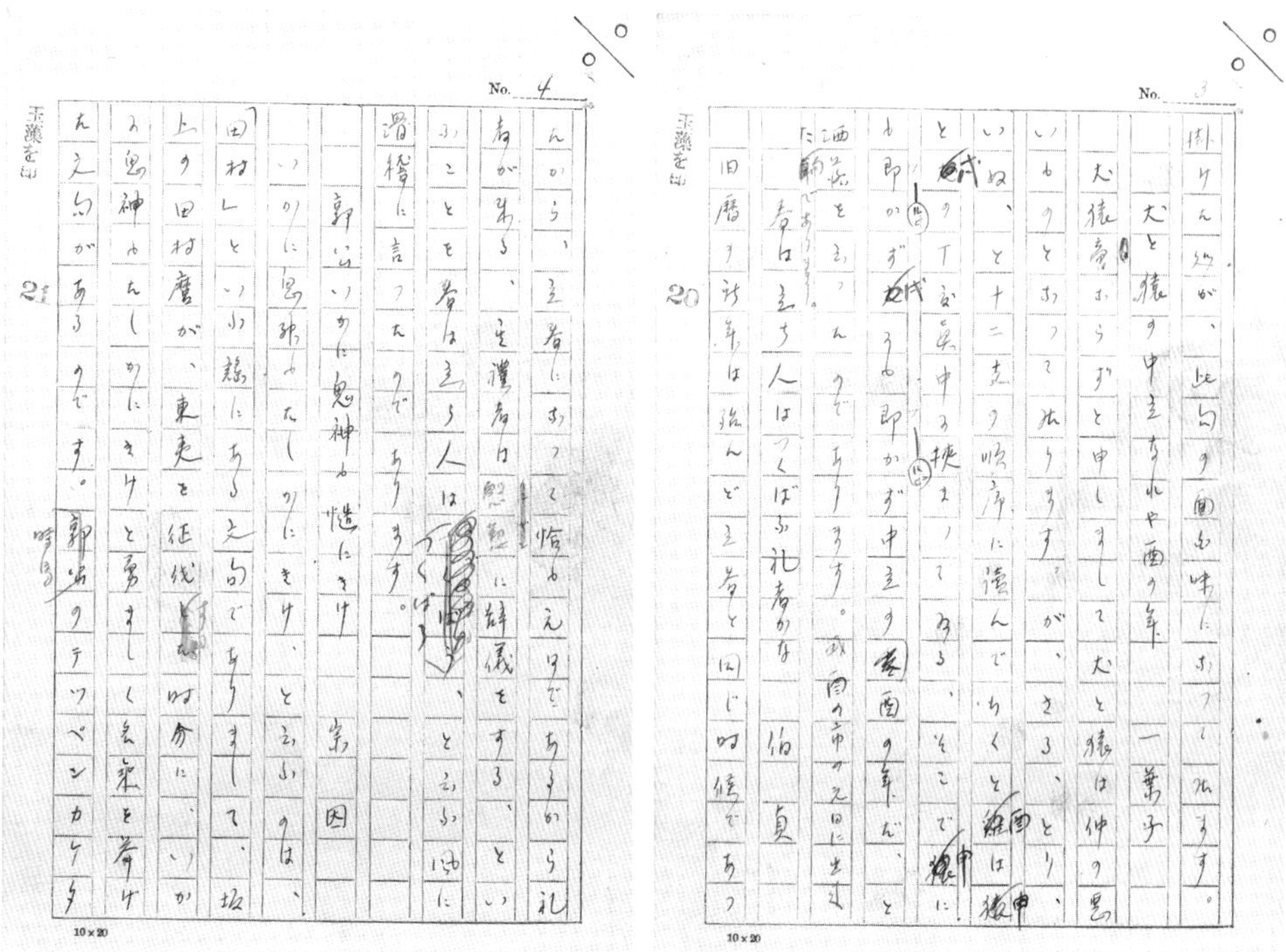

う、と云つて其処で組打ちをして両方の乗つて居る馬の間に陥ちて遂に手塚の太郎に首を取られた、といふことがあるのでありますが、そんな事を踏まへて出来た句でありませう。が、表面の意味は、こちらにお寄りなさい、二匹の馬の間に磯清水がありますからその清水を汲んで飲まう、と云ふのであります。此の両方の意味を引つ掛けた処が面白味であります。

一時雨申さぬことか似せゐざり　友静

此の句は似せゐざりが居つた。にせゐざりといふのは実は脚が立つのであるが、ゐざりの真似をして人に憐みを乞ふてゐる乞食であります。その乞食が俄に時雨が降つて来たものだからゆる〳〵ゐざつて居るのでは間に合はなくなつて、立ち上つて物蔭に逃げて這入つた、それ見たことか、云はぬことではない、と云ふ句であります。

以上の句も各々をかし味が主になつてゐるのでありますが、然しその土台を探つて見ますと、矢張り、杜若とか、神無月とか、炭とか、雪とか、姥ざくら

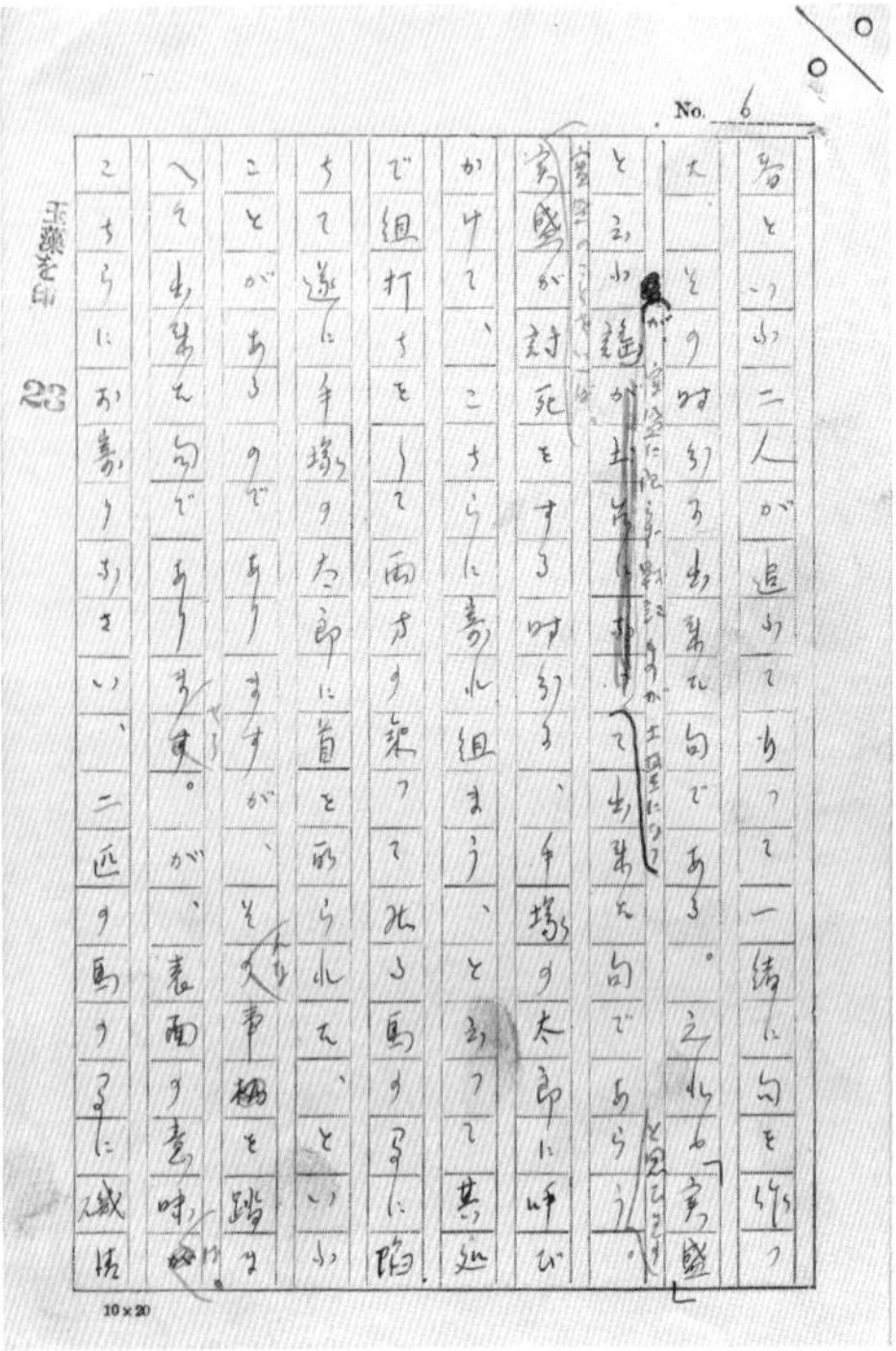

とか、元日とか、年の始めとか、礼者とか、郭公とか、清水とか、時雨とか云ふ四季の現象そのものに興味を持つて出来た句であつて、其の興味の上に洒落を加へたのであります。

　宗鑑以下宗因に至るまでの俳句といふものは大体この様な俳句であります。

No. 7

24

水がありますからその情めを汲んで飲まう、といふのであります。此の雨すの意味を引っ掛けた処が面白味であります。

一時雨申さぬことか似せねぎり　友静

此の句は似せねぎりが出った。にせねぎりといふのは実は脚が多いのであるが、ねぎりの真似をして人に憐みを乞ふてゐる乞食であります。その乞食が餓る時雨が降って来るものだからゆるくねぎって出るのではすに会はなくなって、立ち上って物蔭に逃げて這入

No. 8

25

った、それえたか、云はぬことではない、と云ふ句であります。

以上の句を各々をかし味が主になってゐるのであります。が、然しその出所を探ってみますと、張り、霧の物とか、（杜若とか、神無月とか、炭とか、雪とか）焼ざくらとか、元日とか、年の始めとか、禮者とか、鄭公とか清水とか、時雨とか云ふ四季の現象そのものの興味を持って出来た句であって、主の興味の上に滑稽味を加へて出来てあるのであります。

No. 9

26

（宗鑑以下宗因に至るまでの）芭蕉以前の俳句といふものは大体この様な俳句であります。

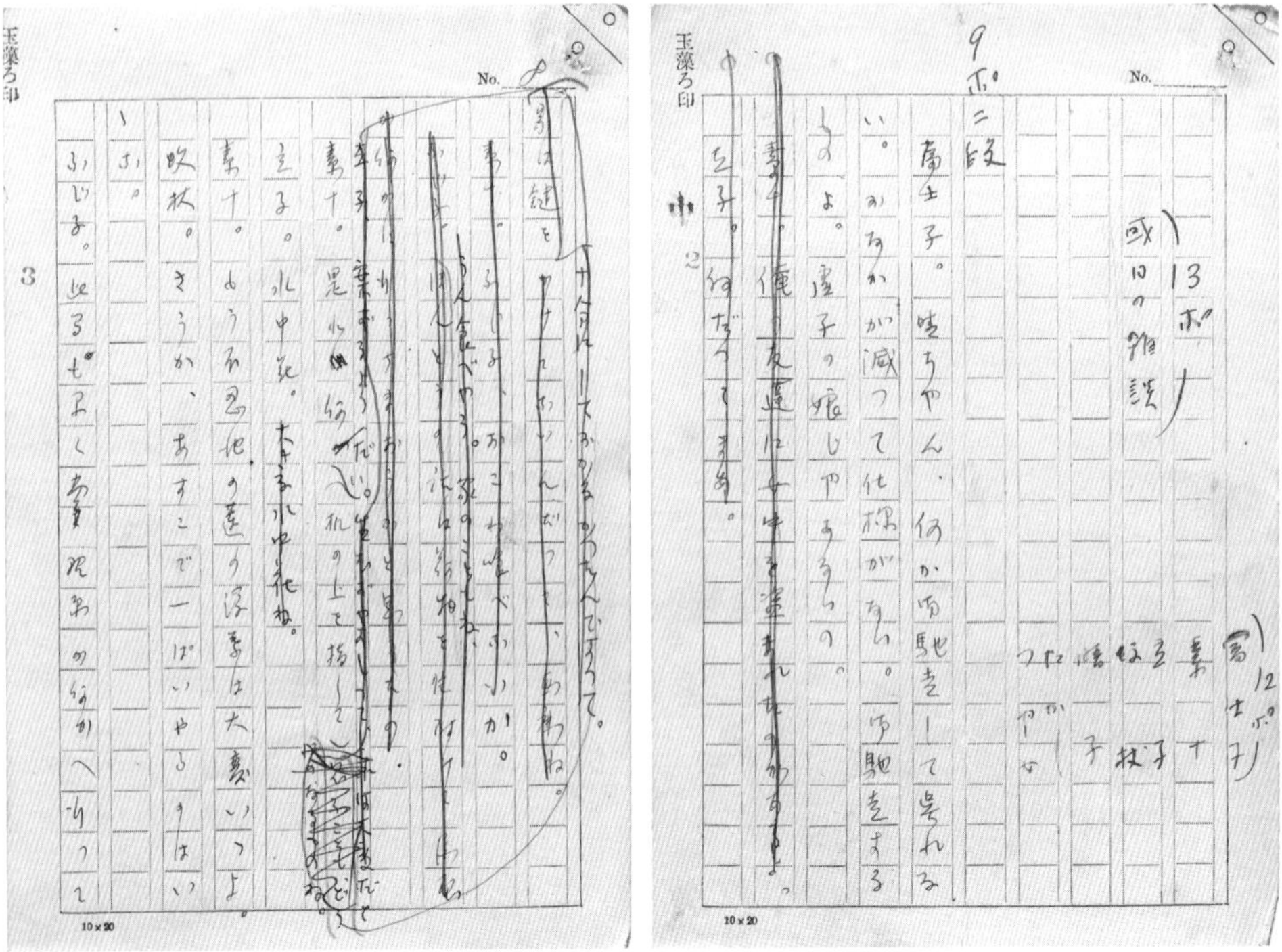

［直筆原稿　冨士子・素十・立子ほか］

或日の雑談

冨士子
素十
立子
蚊杖
晴子
たかし
つや女

冨士子。晴ちやん。何か御馳走して呉れない。おなかが減つて仕様がない。御馳走するものよ。虚子の娘じやあないの。

素十。是れ何だい。（机の上を指して）

立子。水中花。

素十。もう不忍池の蓮の浮葉は大変いゝよ。

蚊杖。さうか。あすこで一ぱいやるのはいゝな。

ふじ子。此間も早く野原か何かへ行つて見たいと思つたわ。

素。蚊杖、今日は昼から休みなんだな。

蚊。今までソビエツトロシヤ何とか云ふ処へ行

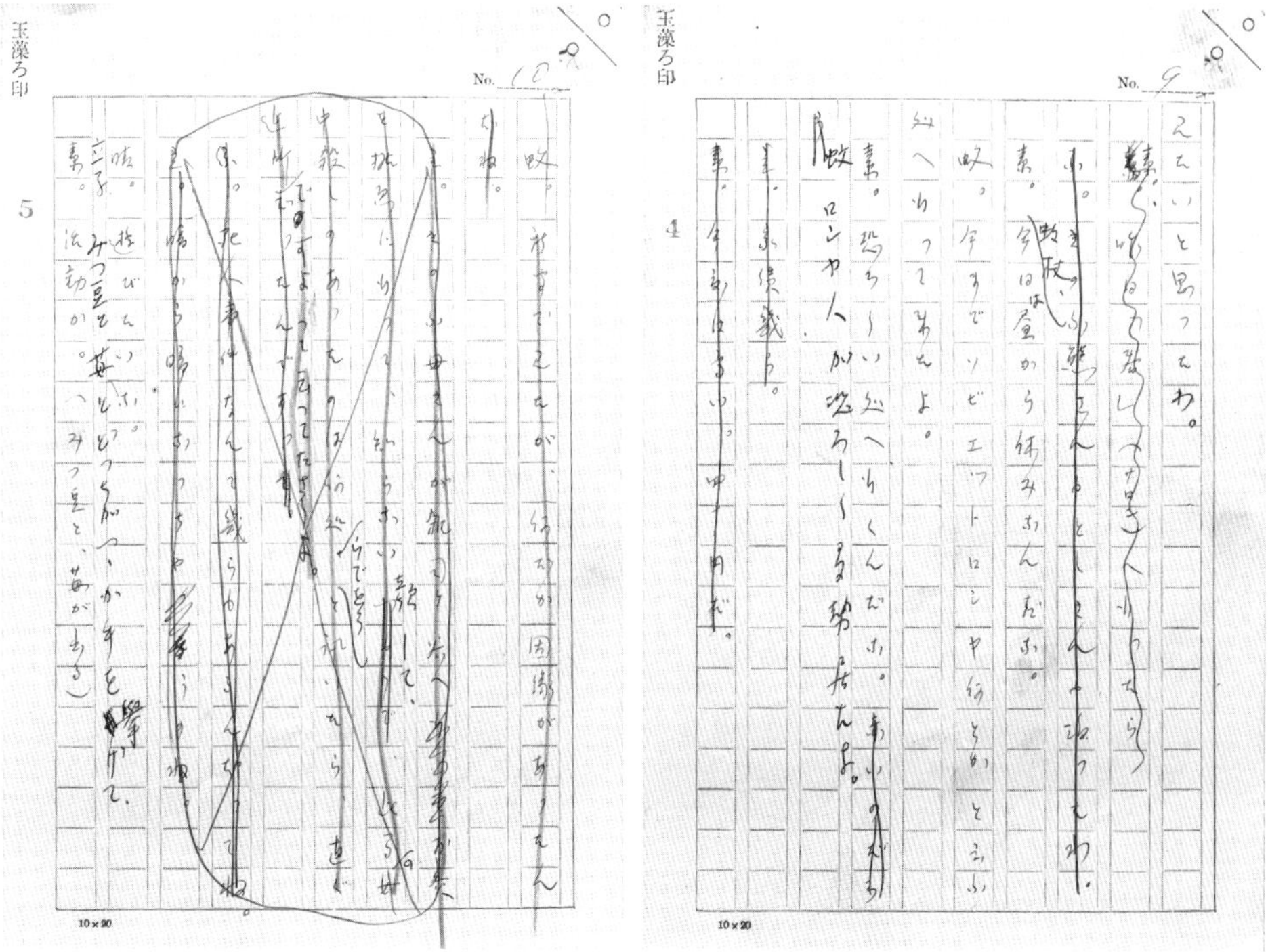

つて来たよ。

素。恐ろしい処へ行くんだな。

蚊。ロシヤ人が恐ろしく多勢居たよ。

晴。遊びたいな。

立子。みつ豆と苺とどつちがいゝか手を挙げて。

素。活動か。（みつ豆と、苺が出る）

蚊。昔のみつ豆には。こんなマンゴオなんか入つてなかつた。

立。この南瓜みたいな、これ？

冨。今日のみつ豆、豆が多いわ。

蚊。これ、ちつとも蜜の香がしないぢやあないの。こいつ、アンペラを煮て作つたんだな。

立。きたないなあ。

冨。さう。アンペラ煮るんだつていふことは冨士子も知つてる。

立。うちぢやあ、お砂糖を煮て作るのよ。

蚊。砂糖なら上等さ。ブツ〳〵アンペラを煮つめると、ころあぶくが立つて……うまいんだよ。

たかし、つや女来る。たかし春のコート。つや女

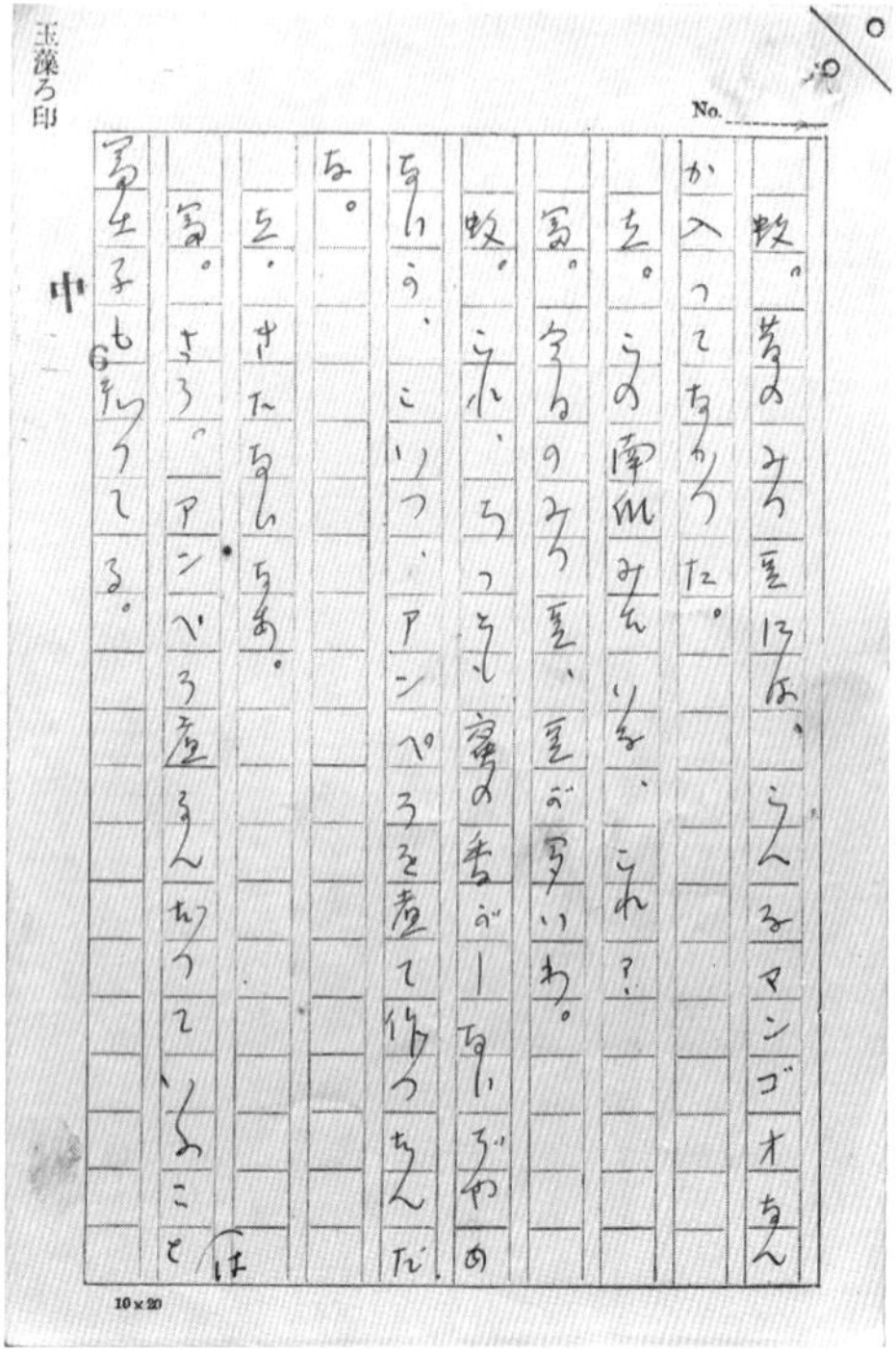

玉藻ろ印

No.

中

蚊。昔のみち里には、らんるマンゴオちやんか入つてなかつた。

立。うの南風みたいなる、これ？

冨。宮るのみち里、里が寒いわ。

蚊。それ、ちよつと寒の香が一[illegible]ぢやめちいう、こいつ、アンペラを煮て作つちんだな。

立。せたるいちあ。

冨。さう。アンペラ煮さんなつてることは

冨士子もなつてる。

10×20

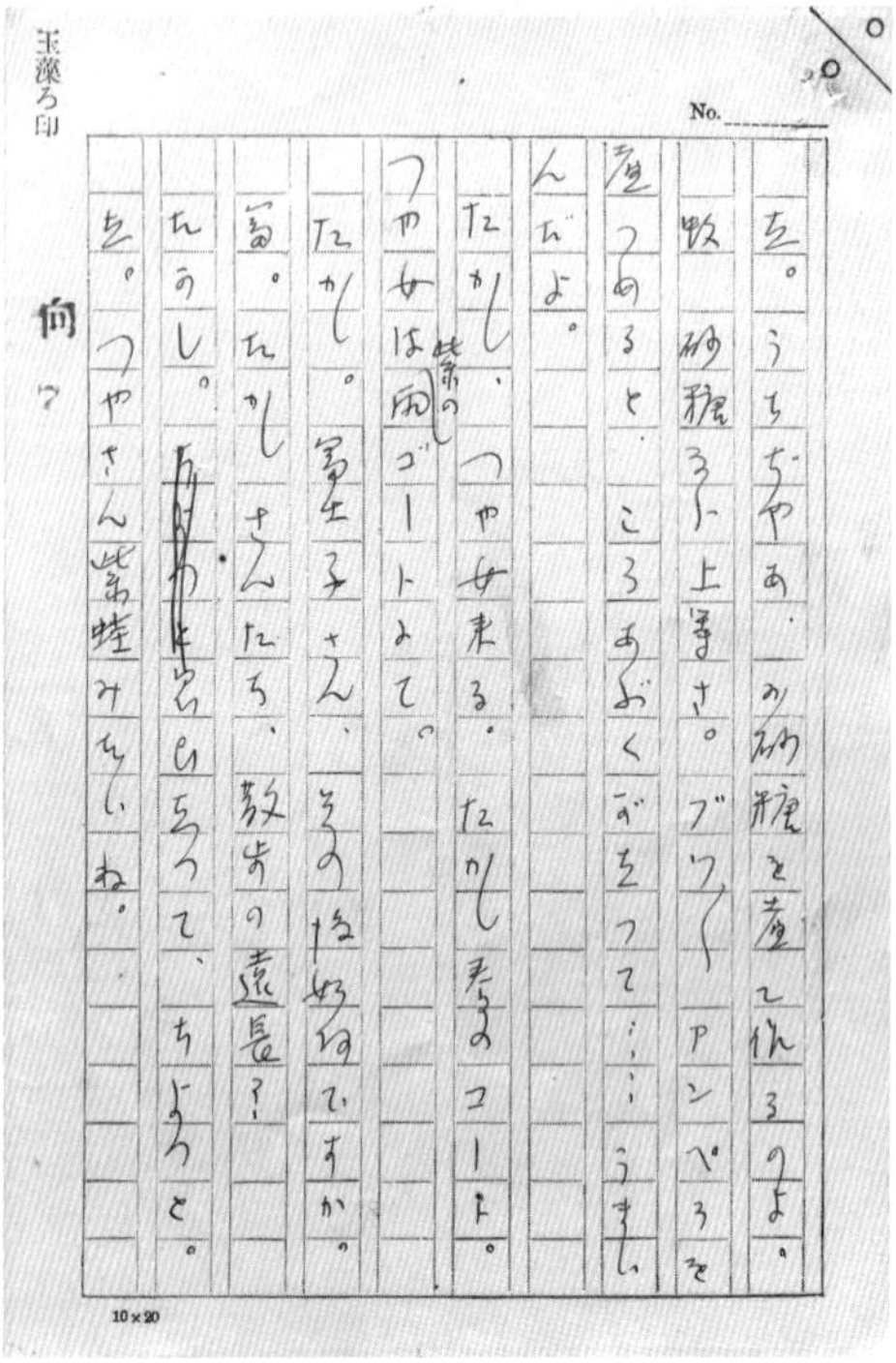

玉藻ろ印

No.

向

立。うちぢやあ、お砂糖を煮て作るのよ。

蚊。砂糖ろ上手さ。ブツブツアンペラを煮つめると、ところあぶくがたつて……うまいんだよ。

たかし。つや女来る。たかし着のコート。

つや女は紫の雨ゴートにて。

たかし。冨士子さん、その後如何ですか。

冨。たかしさんたち、散歩の遠長？

たかし。思ひ立つて、ちよつと。

立。つやさん紫蛙みたいね。

10×20

は紫の雨ゴートにて。

たかし。冨士子さん、その後如何ですか。

冨。たかしさんたち、散歩の遠長？

たかし。思ひ立つて、ちよつと。

立。つやさん紫蛙みたいね。

冨。たかしさんは青蛙か。

蚊。たかしさんは、今帰宅からですか。

た。え、、今。

晴。寄席へ行きたい

蚊。喜よしか、い、な。喜よしのテレンカテンくの囃子が俺の家まできこゑるよ。

素。蚊杖のうち、斉藤さんの近くかね。

蚊。近くだね。隣ぢやあないけれど。つまり御所にも近いんだ。

冨。あのおぢいさん。先には何でもなかつたけれど、此頃人気があるのね。

立。大臣になるとね。斉藤さん今度、官邸に入らないで、おうちから通ふとかつて……

蚊。おかげで押売がめつきりなくなつて甚だい、。

玉藻ろ印 No.

向8

富。だがしかしはき蛙の。

牧。そのしさんは、宇都宮からですか。

た。え、、宇。

晴。高島屋へいきたい。

牧。喜よし、かいいな。喜風よしのテレンカ

テンくの噺子で俺達のお家まできこえるよ。

~~斎藤さん~~

素。牧枚のうち、斎藤さんの近くですね。

牧。近くだね。隣じゃあないけれど。つ

まり近所でも近いんだ。

10×20

玉藻ろ印 No.

向9

富。あのかがりさん。えばはなでもまかつ

たんで、此吹人気があるのね。

立。大臣になるとね。斎藤さん宇都宮、宦卿

に入らないで、かうちから通ふとかって……

牧。おかげで探索があやまなくなって甚

だいい。この家は家は安け放しとしていてもいい

んだ。

素。たりーさん。広小路のうまいもの屋つ

てけんて家なのけ。

た。菊廼家。広小路よう筆門町ん寄つたオ

10×20

玉藻ろ印 No.

向10

牧。家はきれいですか。

た。女はみないけれど。お女将さんがきれ

い。演作よう安くって。

牧。気張り、小料理というやつがないな。

10×20

玉藻ろ印 No. 14

向11

~~素。そのふたりが争があったんだ。~~

~~牧。仇同争か。~~

~~素。送別会だ。銀座の中客とかいふ家だ。~~

~~ふかう町会（）奨を取りに来た、、出た。~~

~~主。男ののね。~~

~~おじ。泥棒も隣が辛いね。便所から這入るふ~~

~~んか。~~

~~牧。仲るりはさんふ奴は帳中が判わからない~~

~~しい。玄関から這入る奴が、、んだ~~

~~そうだ。~~

10×20

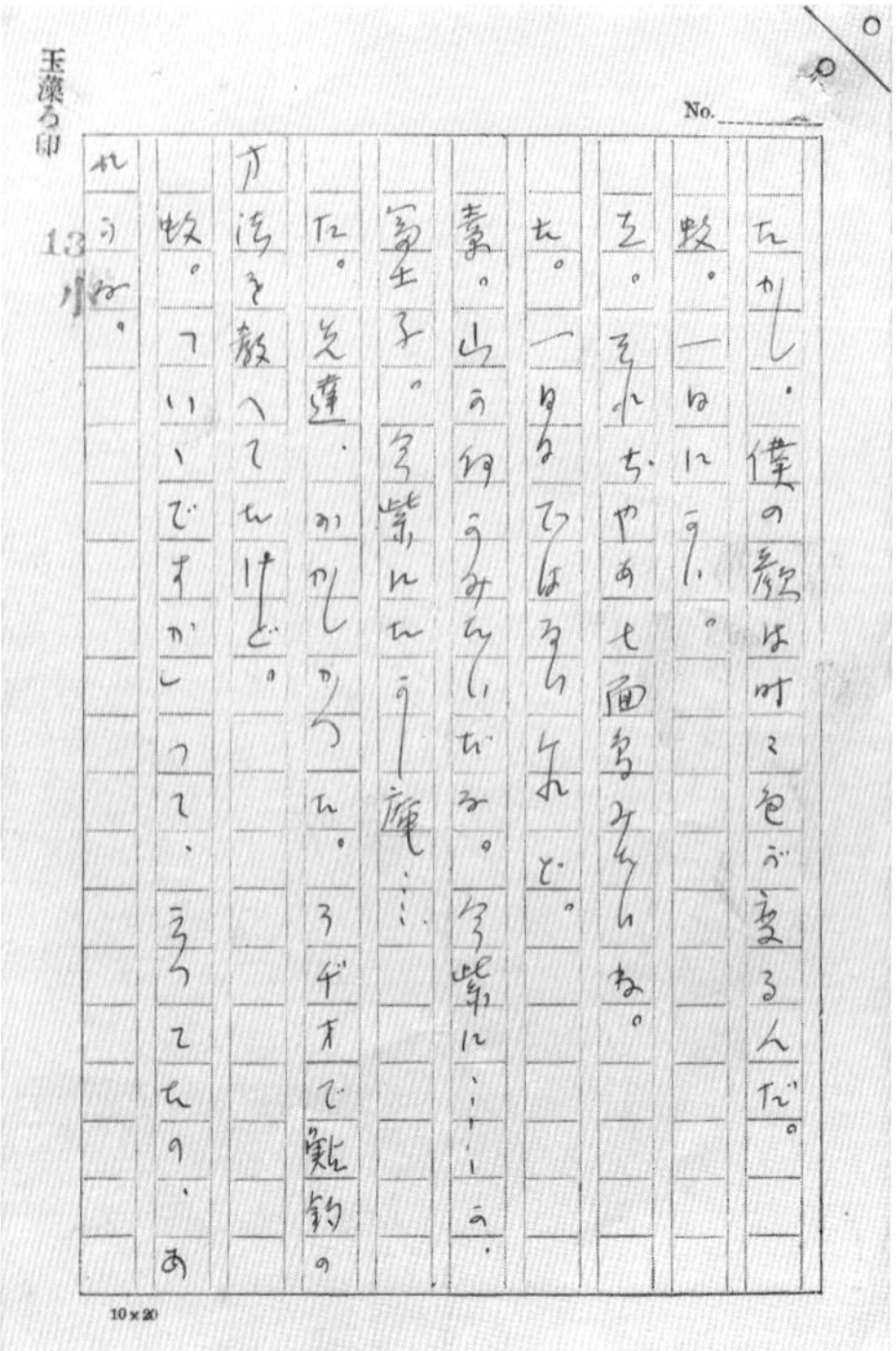

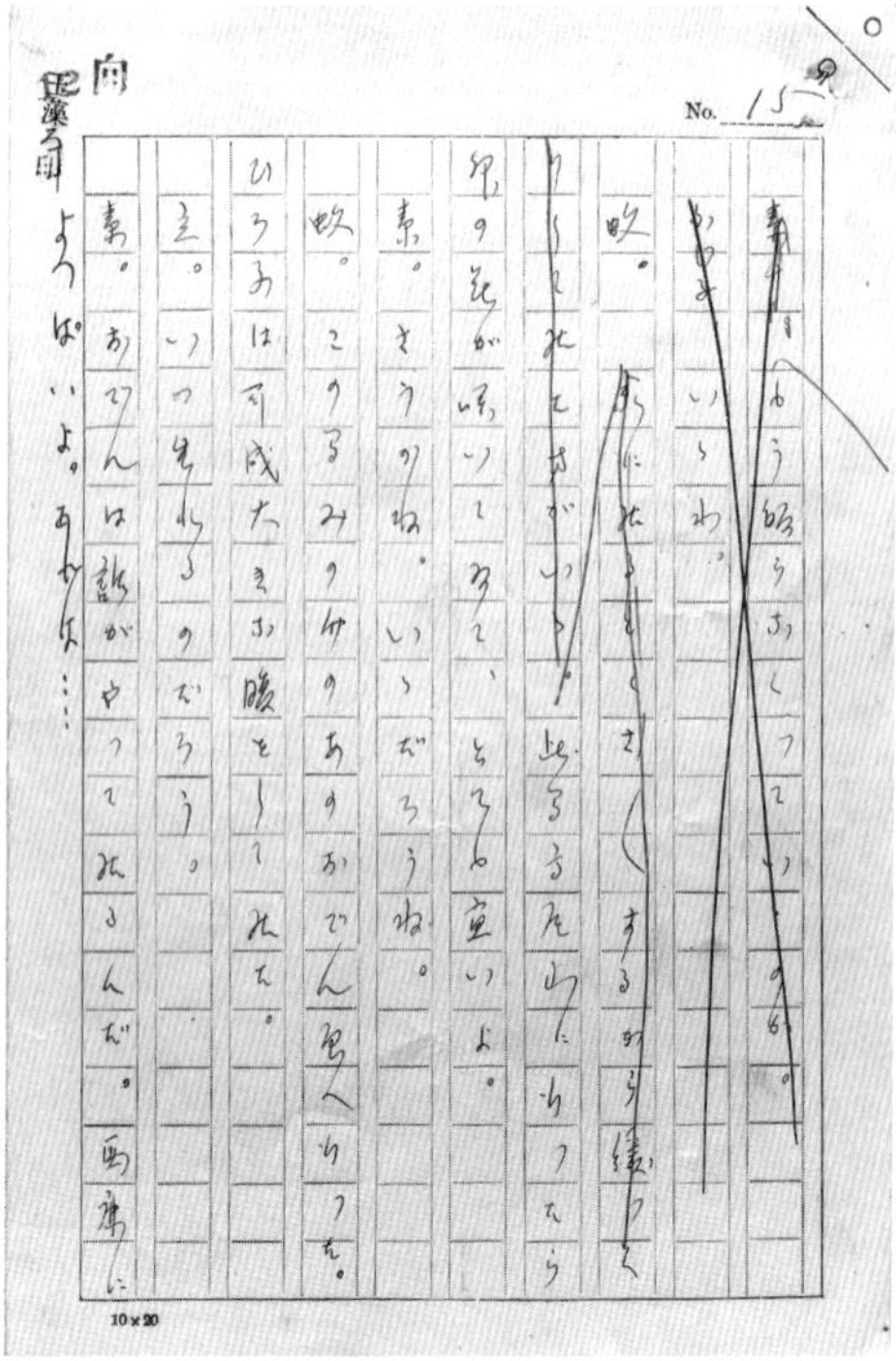

この夏は家は開け放しといてもいゝんだ。
素。たかしさん。広小路のうまいもの屋つて何んて家だつけ。
た。菊栖家。広小路より黒門町に寄つた方
蚊。家はきれいですか。
た。女はゐないけれど、お女将さんがきれいで。濱作より安くつて。
蚊。矢張り。小料理といふやつが旨いな。
素。きのふ何だか会があつたんだ。
蚊。俳句会か。
素。壮別会だ、銀座の中島とかいふ家だ。
蚊。此間高尾山に行つたら卯の花が咲いてゐて、とても宣いよ。
素。さうかね。いゝだらうね。
蚊。この間みの升のあのおでん屋へ行つた。ひろ子は化成大きな腹をして居た。
立。いつ生れるのだろう。
素。おでんは誰がやつて居るんだ。馬廉によつぱらいよ。あれは……

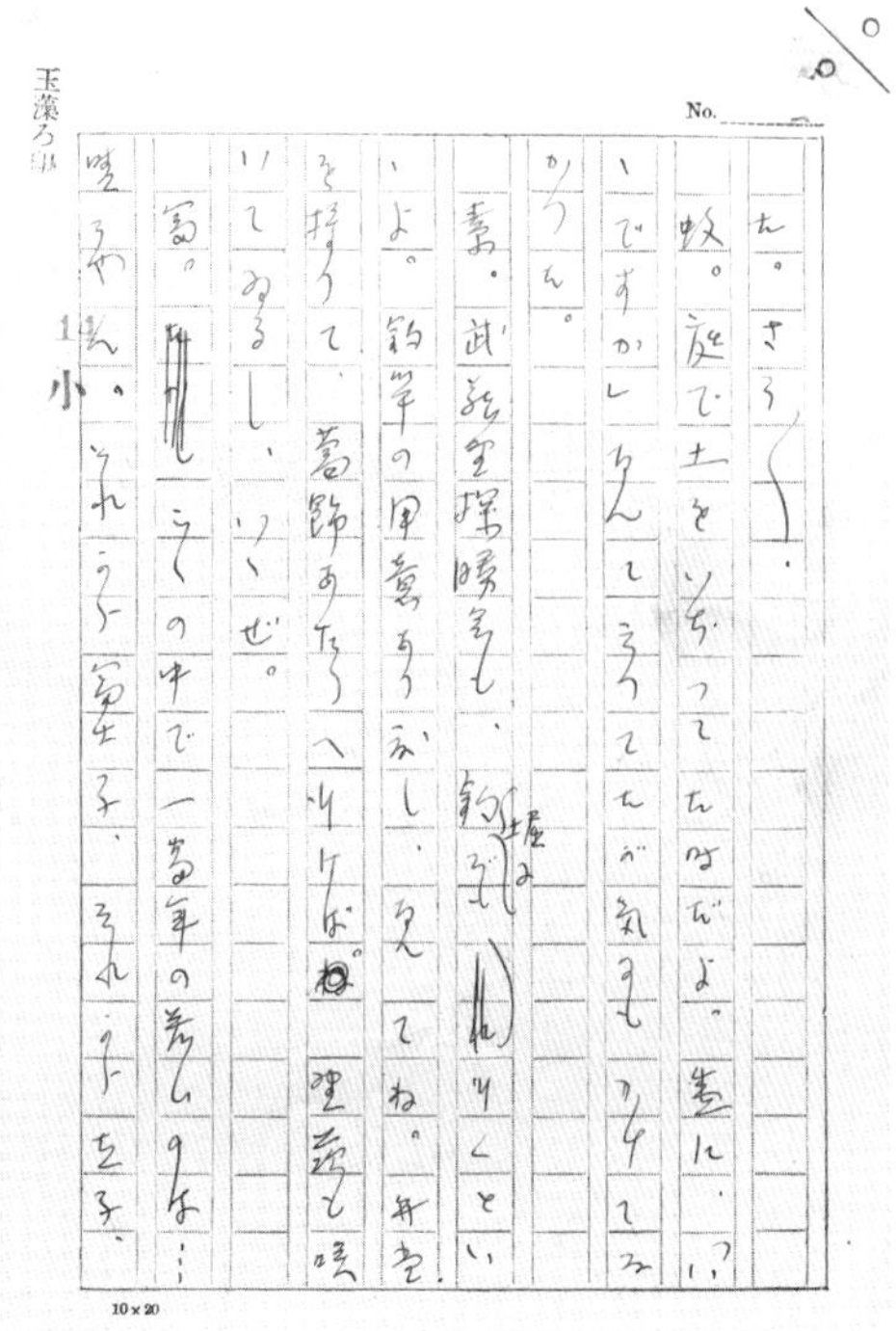

たかし。僕の顔は時々色が変るんだ。

蚊。一日にかい。

立。それぢやあ七面鳥みたいね。

た。一日にではないけれど。

素。山の向うみたいだな。今紫に……か。

冨士子。今紫にたかし庵……

た。先達、おかしかつた。ラヂオで鮎釣の方法を教へてたけど。

蚊。「い丶ですか」つて、云つてたの、あれかな。

た。さう〳〵、
蚊。庭で土をいぢつてた時だよ。急に、「い丶ですか」なんて云つてたが気にもかけてなかつた。

素。武蔵野探勝会も、釣堀にでも行くとい丶よ。釣竿の用意あつ度し、なんてね。弁当を持つて、葛飾あたりへ行けば。野茨も咲いてゐるし、い丶ぜ。

冨。こ丶の中で一番年の若いのは…晴ちやん。それから冨士子、それから立子、あ丶、たかしさん、がゐた〳〵。たかしさん、ふけてるのね。でもはじめつから一度も年とらない人みたいだ。

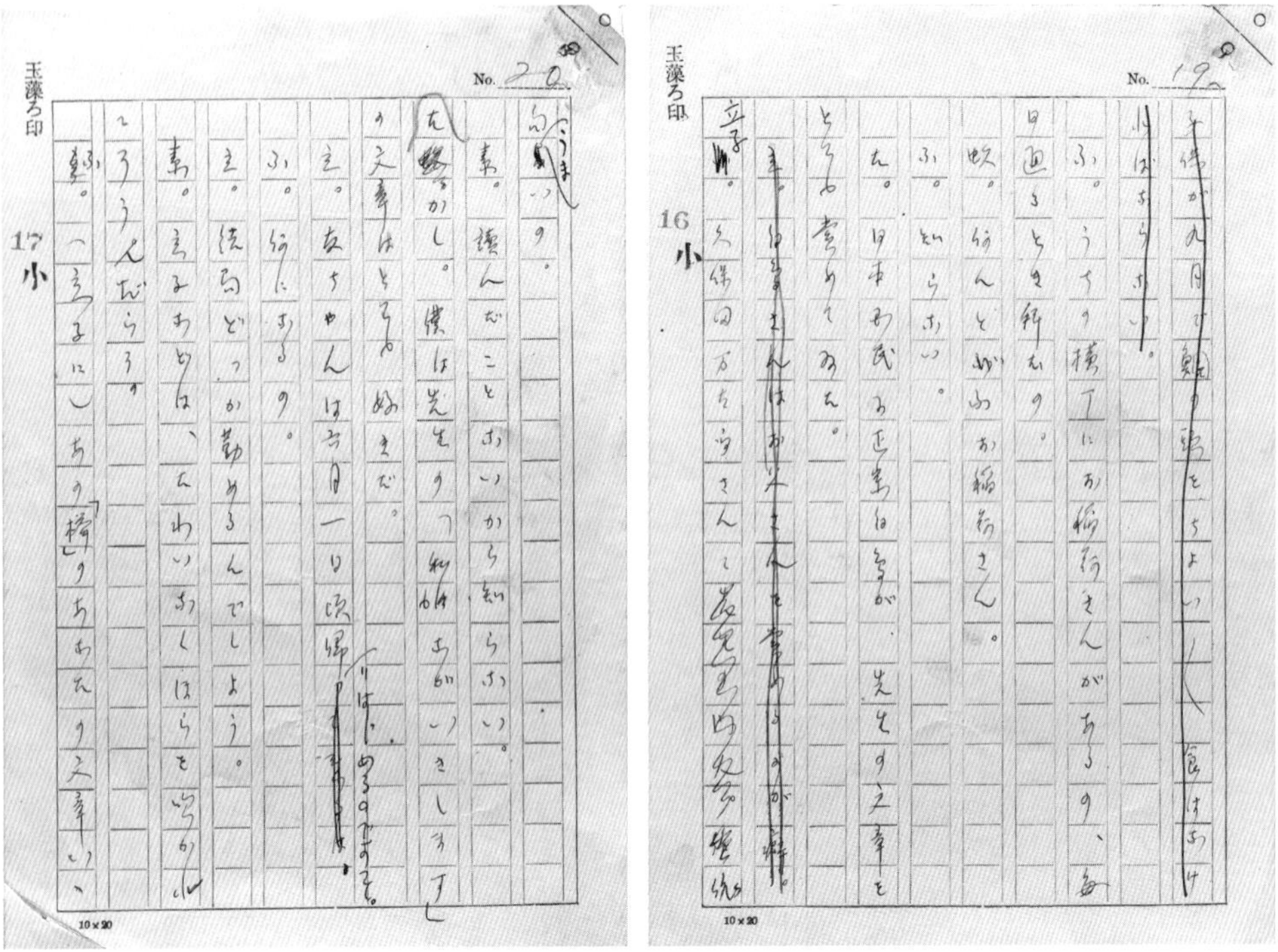

素。蚊杖つて、兎に角年のわからない奴だな。

蚊。西洋人は年を訊かれるとおこるぜ。

立。たかしさん、今日の顔、のろつとしてゐるのね。

つや女。疲れてゐらつしやるのよ。

ふ。うちの横丁にお稲荷さんがあるの、毎日通るとき拝むの。

蚊。何んといふお稲荷さん。

ふ。知らない。

た。日本臣民に正宗白鳥が、先生の文章をとても賞めてゐた。

立子。久保田万太郎さんて句うまいの。

素。読んだことないから知らない。

たかし。僕は先生の「私もながいきします」の文章はとても好きだ。

立。友ちやんは六月一日頃帰りはじめるのですつて。

ふ。何になるの。

立。結局どつか勤めるんでしょう。

素。立子などは、たわいなくほらを吹かれて了うんだらう。

ふ。（立子に）あの「欅」のあなたの文章いゝ

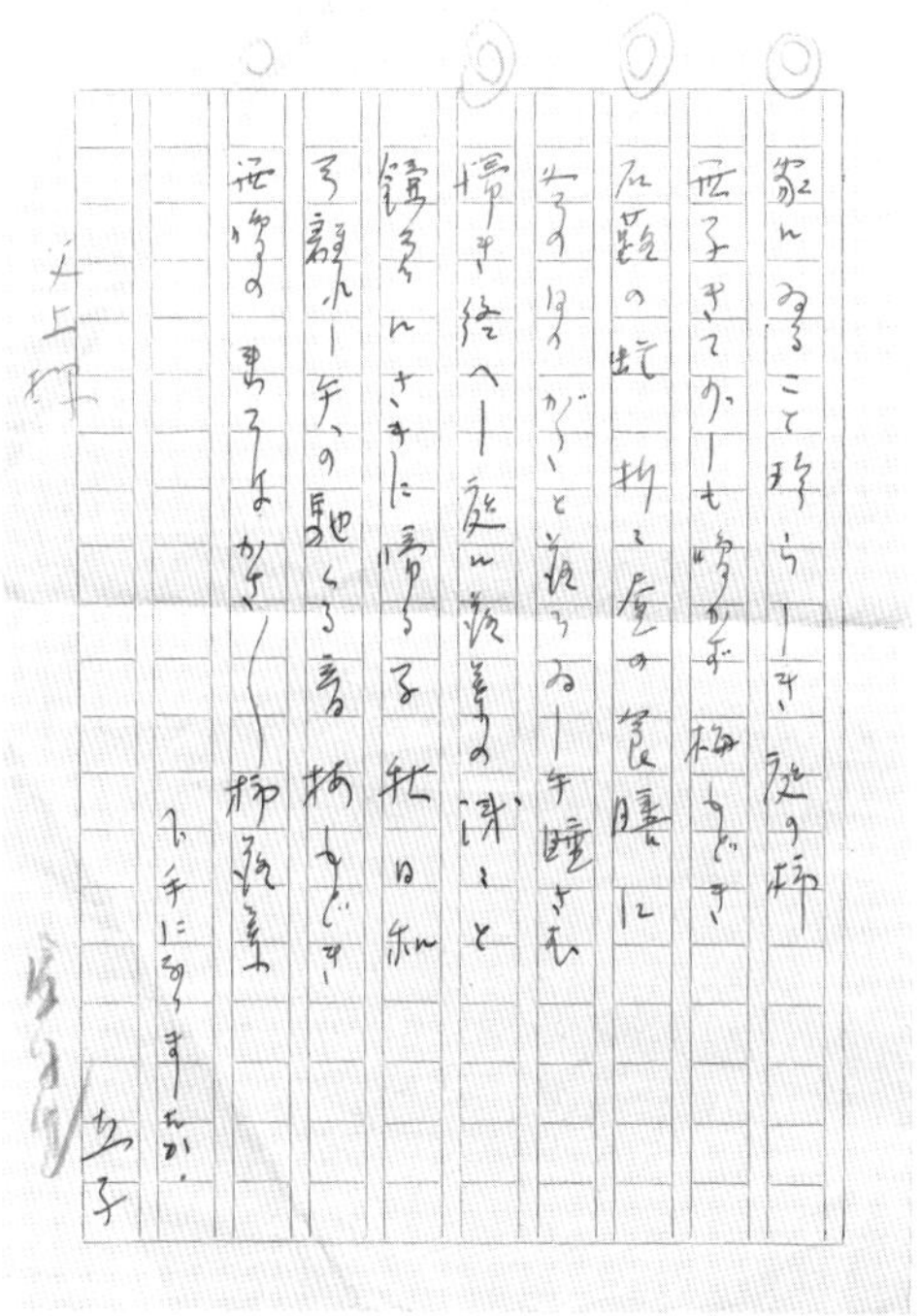

［直筆原稿　星野立子］

◎家にゐること珍しき庭の柿
笹子きて少しも鳴かず梅もどき
◎石蕗の虻　折々昼の食膳に
冬の日のがさと落ちゐし午睡さむ
◎掃き終へし庭に落葉の浅々と
鎌倉にさきに帰る子秋日和
弓離れし矢の馳くる音梅もどき
○笹鳴の来てはかさく柿落葉

下手になりましたか。
立子

父上様

［虚子朱書］虚子選

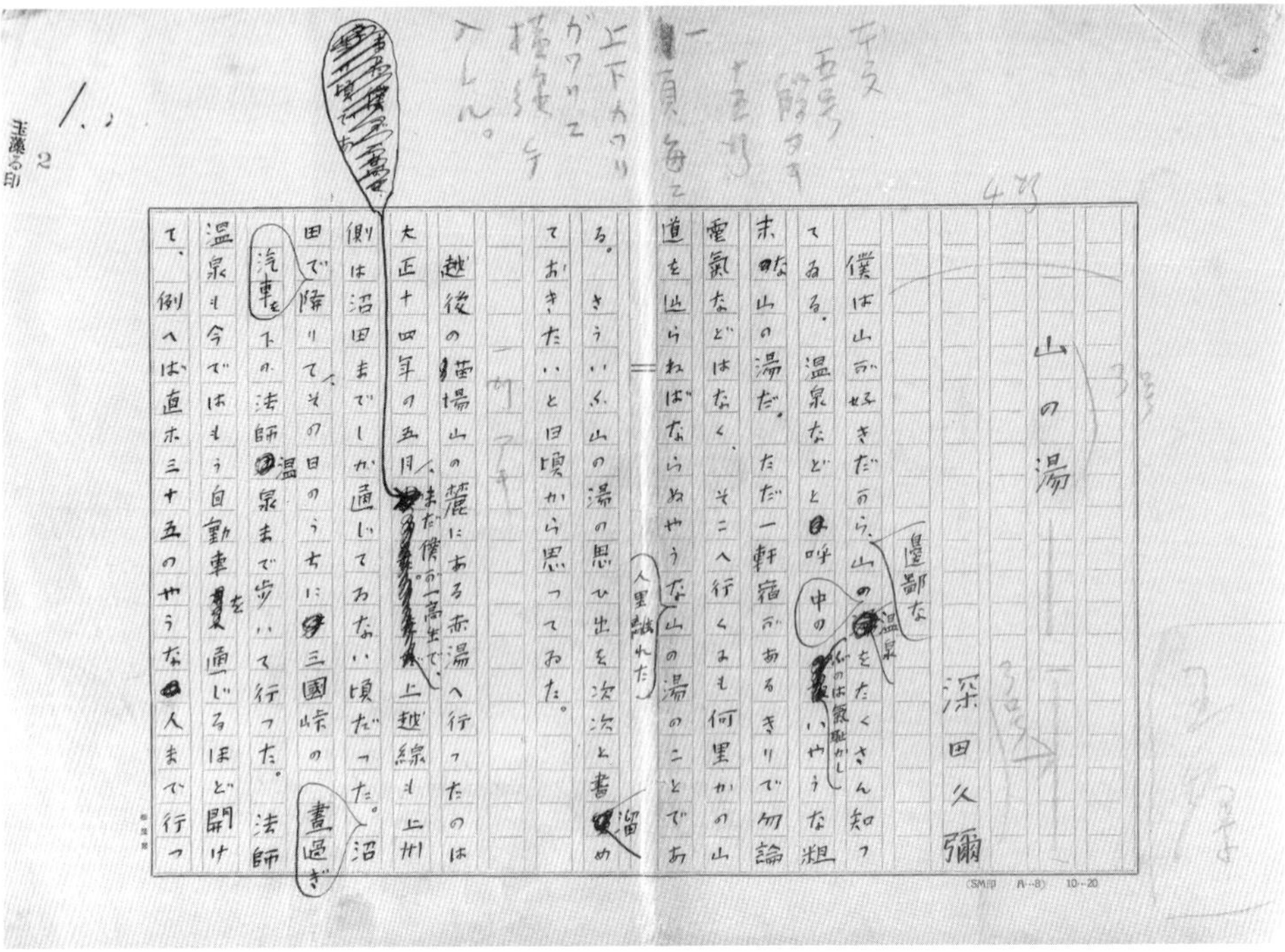

［直筆原稿　深田久彌］

山の湯

深田久彌

僕は山が好きだから、邊鄙な山の中の温泉をたくさん知ってゐる。温泉などと呼ぶのは氣恥かしいやうな粗末な山の湯だ。ただ一軒宿があるきりで勿論電気などはなく、そこへ行くにも何里かの山道を辿らねばならぬやうな人里離れた山の湯のことである。さういふ山の湯の思ひ出を次次と書溜めておきたいと日頃から思つてゐた。

越後の苗場山の麓にある赤湯へ行ったのは大正十四年の五月、まだ僕が一高生で、上越線も上州側は沼田までしか通じてゐない頃だった。昼過ぎ沼田で汽車を降りて、その日のうちに三国峠の下の法師温泉まで歩いて行つた。法師温泉も今ではもう自動車

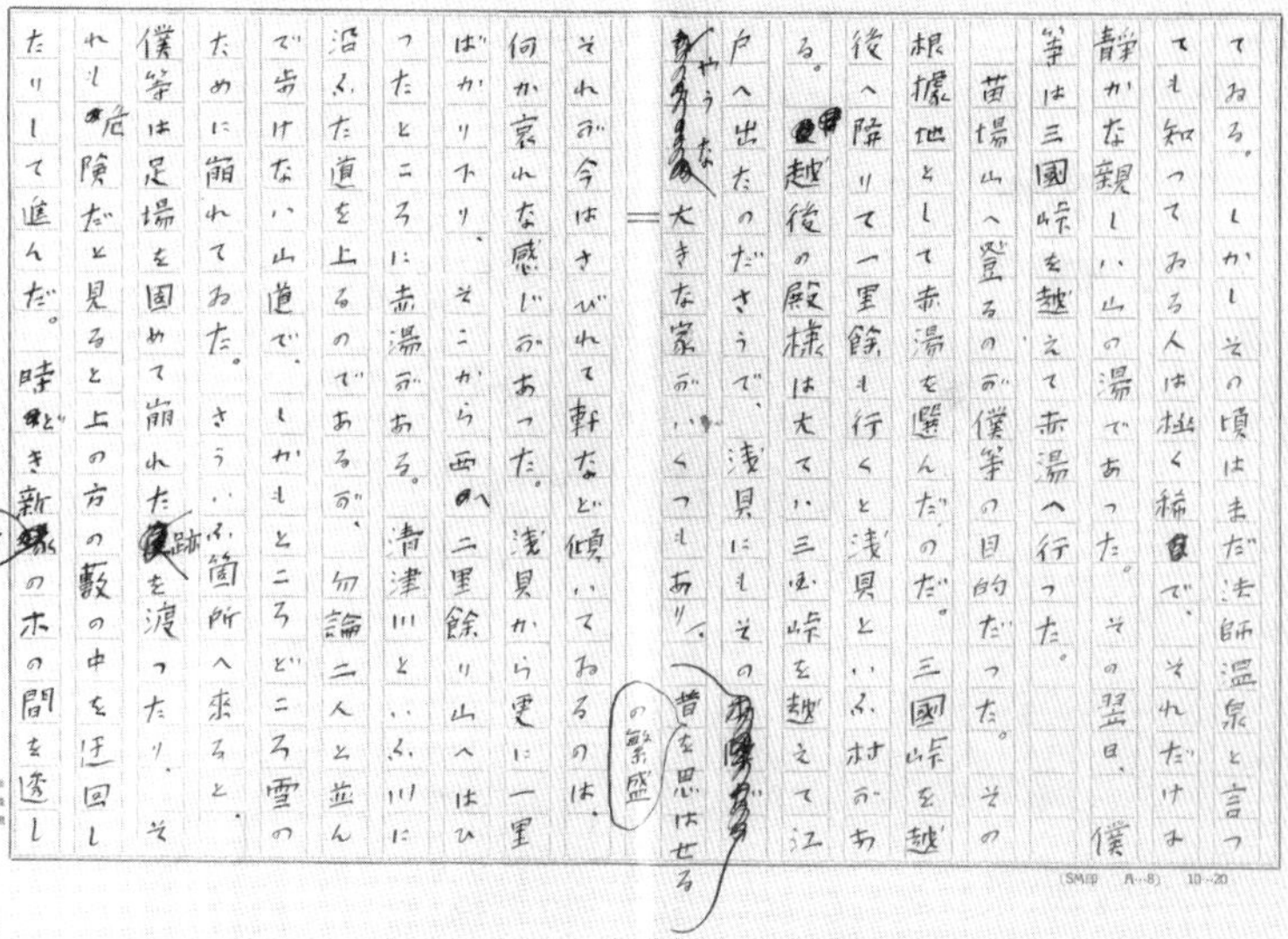
2.

てゐる。しかしその頃はまだ法師温泉と言つ
ても知つてゐる人は極く稀で、それだけに
静かな親しい山の湯であつた。その翌日、僕
等は三國峠を越えて赤湯へ行つた。
苗場山へ登るのが僕等の目的だつた。その
根據地として赤湯を選んだのだ。三國峠を越
後へ降りて一里餘も行くと浅貝といふ村があ
る。越後の殿様は大てい三国峠を越えて江
戸へ出たのださうで、浅貝にもその昔の繁盛を思はせる
やうな大きな家がいくつもあり、
それが今はさびれて軒など傾いてゐるのは、
何か哀れな感じがあつた。浅貝から更に一里
ばかり下り、そこから西へ二里餘り山へはひ
つたところに赤湯がある。清津川といふ川に
沿ふた道を上るのであるが、勿論二人と並ん
で歩けない山道で、しかもところどころ雪の
ために崩れてゐた。さういふ箇所へ来ると、そ
僕等は足場を固めて崩れた跡を渡つたり、
れも危険だと見ると上の方の藪の中を迂回し
たりして進んだ。時どき新緑の木の間を透し

を通じるほど開けて、例へば直木三十五のやうな人まで行つてゐる。しかしその頃はまだ法師温泉と言つても知つてゐる人は極く稀で、それだけに静かな親しい山の湯であつた。その翌日、僕等は三国峠を越えて赤湯へ行つた。

苗場山へ登るのが僕等の目的だった。その根拠地として赤湯を選んだのだ。三国峠を越後へ降りて一里余も行くと浅貝といふ村がある。越後の殿様は大てい三国峠を越えて江戸へ出たのださうで、浅貝にもその昔の繁盛を思はせるやうな大きな家がいくつもあり、それが今はさびれて軒など傾いてゐるのは、何か哀れな感じがあつた。浅貝から更に一里ばかり下り、そこから西へ二里余り山へはひつたところに赤湯がある。清津川といふ川に沿ふた道を上るのであるが、勿論二人と並んで歩けない山道で、しかもところどころ雪のために崩れてゐた。さういふ箇所へ来ると、僕等は足場を固めて崩れた跡を渡つたり、それも危険だと見ると上の方の藪の中を迂回したりして進んだ。時どき新緑の木の間を透して、その名

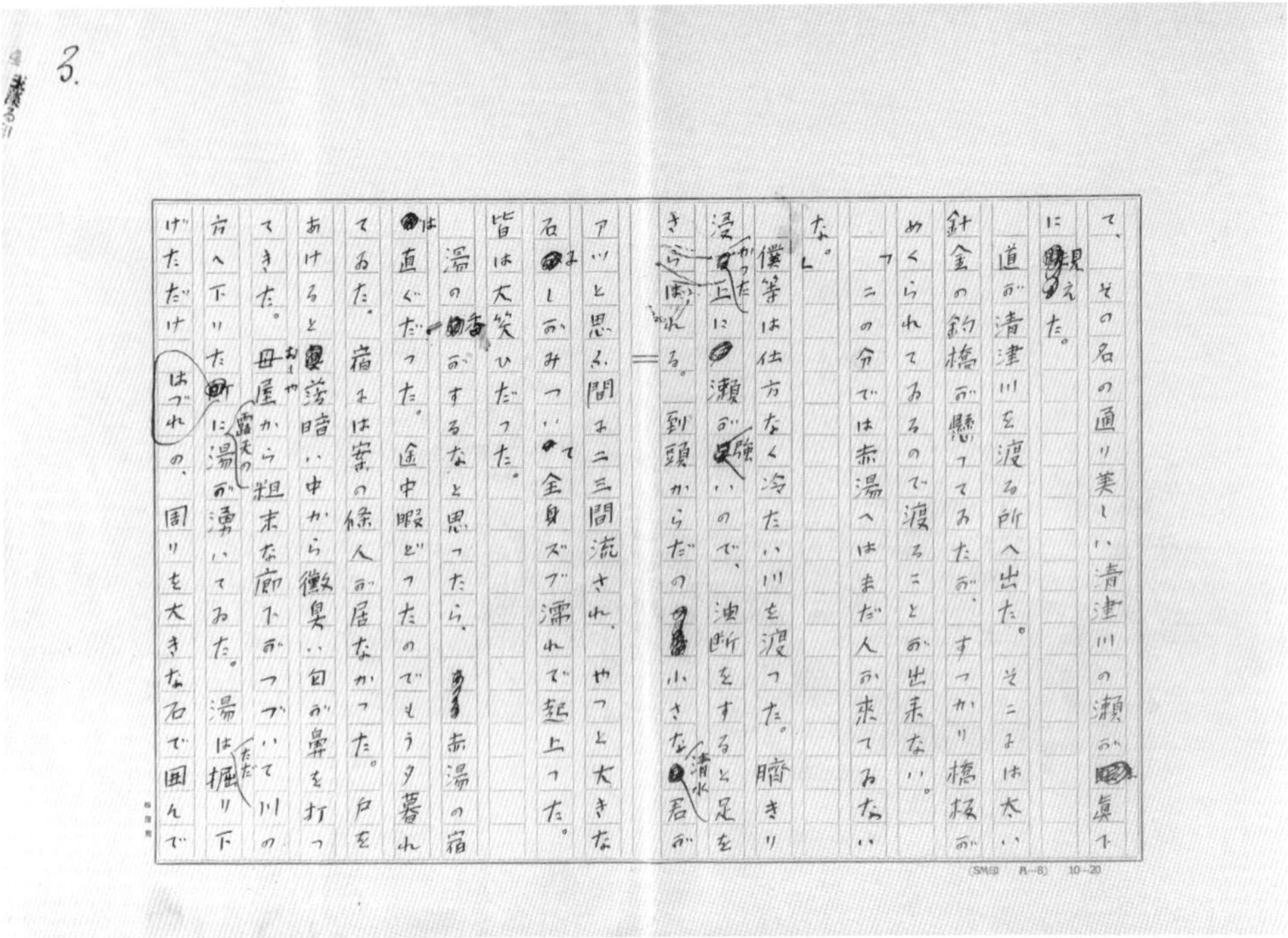
3.

て、その名の通り美しい清津川の瀬が真下に見えた。
道が清津川を渡る所へ出た。そこには太い針金の釣橋が懸ってゐたが、すっかり橋板がめくられてゐるので渡ることが出来ない。
「この分では赤湯へはまだ人が来てゐないな。」
僕等は仕方なく冷たい川を渡った。臍きり浸かった上に瀬が強いので、油断をすると足をさらはれる。到頭からだの小さな清水君がアッと思ふ間に二三間流され、やっと大きな石にしがみついて全身ズブ濡れで起上った。皆は大笑ひだった。
湯の香がするなと思ったら、赤湯の宿は直ぐだった。途中暇どったのでもう夕暮れてゐた。宿には案の條人が居なかった。戸をあけると薄暗い中から黴臭い匂が鼻を打ってきた。母屋から粗末な廊下がつづいて川の方へ下りたはづれに露天の湯が湧いてゐた。湯はただ掘り下げただけの、周りを大きな石で囲んで

の通り美しい清津川の瀬が真下に見えた。

道が清津川を渡る所へ出た。そこには太い針金の釣橋が懸ってゐたが、すつかり橋板がめくられてゐるので渡ることが出来ない。

「この分では赤湯へはまだ人が来てゐないな。」

僕等は仕方なく冷たい川を渡った。臍きり浸かつた上に瀬が強いので、油断をすると足をさらはれる。到頭からだの小さな清水君がアツと思ふ間に二三間流され、やつと大きな石にしがみついて全身ズブ濡れで起上つた。皆は大笑ひだつた。

湯の香がするなと思つたら、赤湯の宿は直ぐだつた。途中暇どつたのでもう夕暮れてゐた。宿には案の條人が居なかつた。戸をあけると薄暗い中から黴臭い匂が鼻を打つてきた。母屋（おもや）から粗末な廊下がつづいて川の方へ下りたはづれに露天の湯が湧いてゐた。湯はただ掘り下げただけの、周りを大きな石で囲んであるひどく原始的なものだつた。一坪位の大きさで赤土色の湯の上には油のやうな縞が浮いてゐた。よくみるとその片隅に鼠の死んでゐるのさへ浮

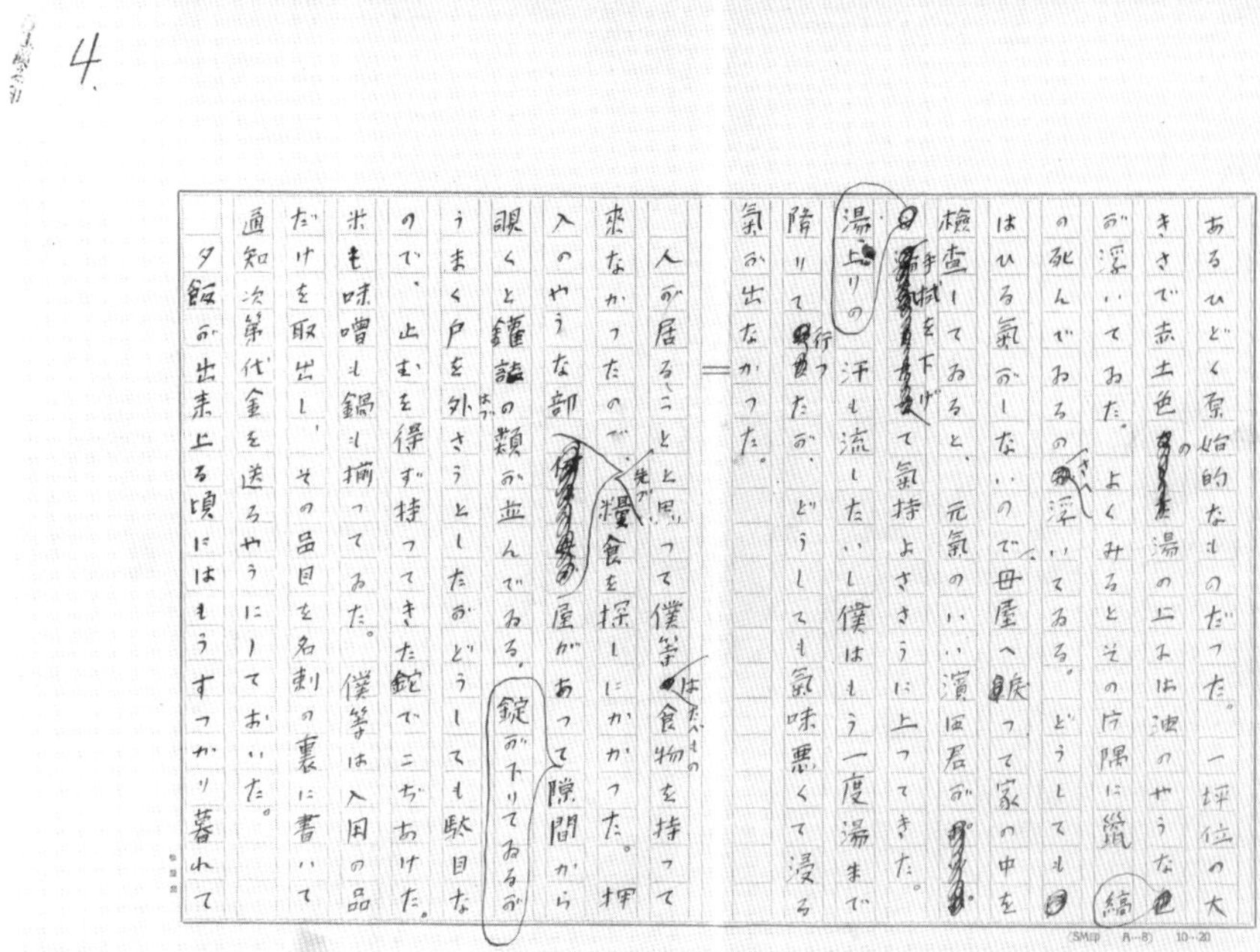

4.

あるひどく原始的なものだつた。一坪位の大
きさで赤土色の湯の上には油のやうな縞
が浮いてゐた。よくみるとその片隅に蠅
の死んでゐるのさへ浮いてゐる。どうしても
はひる氣がしないので、母屋へ戻つて家の中を
檢査してゐると、元氣のいい濱田君が
湯上りの手拭を下げて氣持よささうに上つてきた。
汗も流したいし僕はもう一度湯まで
降りて行つたが、どうしても氣味悪くて浸る
氣が出なかつた。
＝
人が居ることと思つて僕等はたべもの食物を持つて
来なかつたので、先づ糧食を探しにかかつた。押
入のやうな部屋があつて隙間から
覗くと罐詰の類が並んでゐる。錠が下りてゐるが
うまく戸をはづ外さうとしたがどうしても駄目な
ので、止むを得ず持つてきた鉈で二ぢあけた。
米も味噌も鍋も揃つてゐた。僕等は入用の品
だけを取出し、その品目を名刺の裏に書いて
通知次第代金を送るやうにしておいた。
夕飯が出来上る頃にはもうすつかり暮れて

いてゐる。どうしてもはひる氣がしないので、母屋へ戻つて家の中を検査してゐると、元気のいい浜田君が湯上りの手拭を下げて氣持よささうに上つてきた。汗も流したいし僕はもう一度湯まで降りて行つたが、どうしても氣味悪くて浸る気が出なかつた。

人が居ることと思つて僕等は食物（たべもの）を持つて来なかつたので、先づ糧食を探しにかかつた。押入のやうな部屋があつて錠が下りてゐるが隙間から覗くと缶詰の類が並んでゐる。うまく戸を外（はづ）さうとしたがどうしても駄目なので、止むを得ず持つてきた鉈でこぢあけた。米も味噌も鍋も揃つてゐた。僕等は入用の品だけを取出し、その品目を名刺の裏に書いて通知次第代金を送るやうにしておいた。

夕飯が出来上る頃にはもうすつかり暮れてゐた。僕等は蠟燭と焚火のあかりで楽しく飯をすますと、隣の部屋の隅に積んであつた夜具を下して幾枚も被つて寝た。何だか黴臭く湿つぽかったが、それでも寒い目をせず、静かな流を聞いてゐるうちにぐつすり寝こんだ。

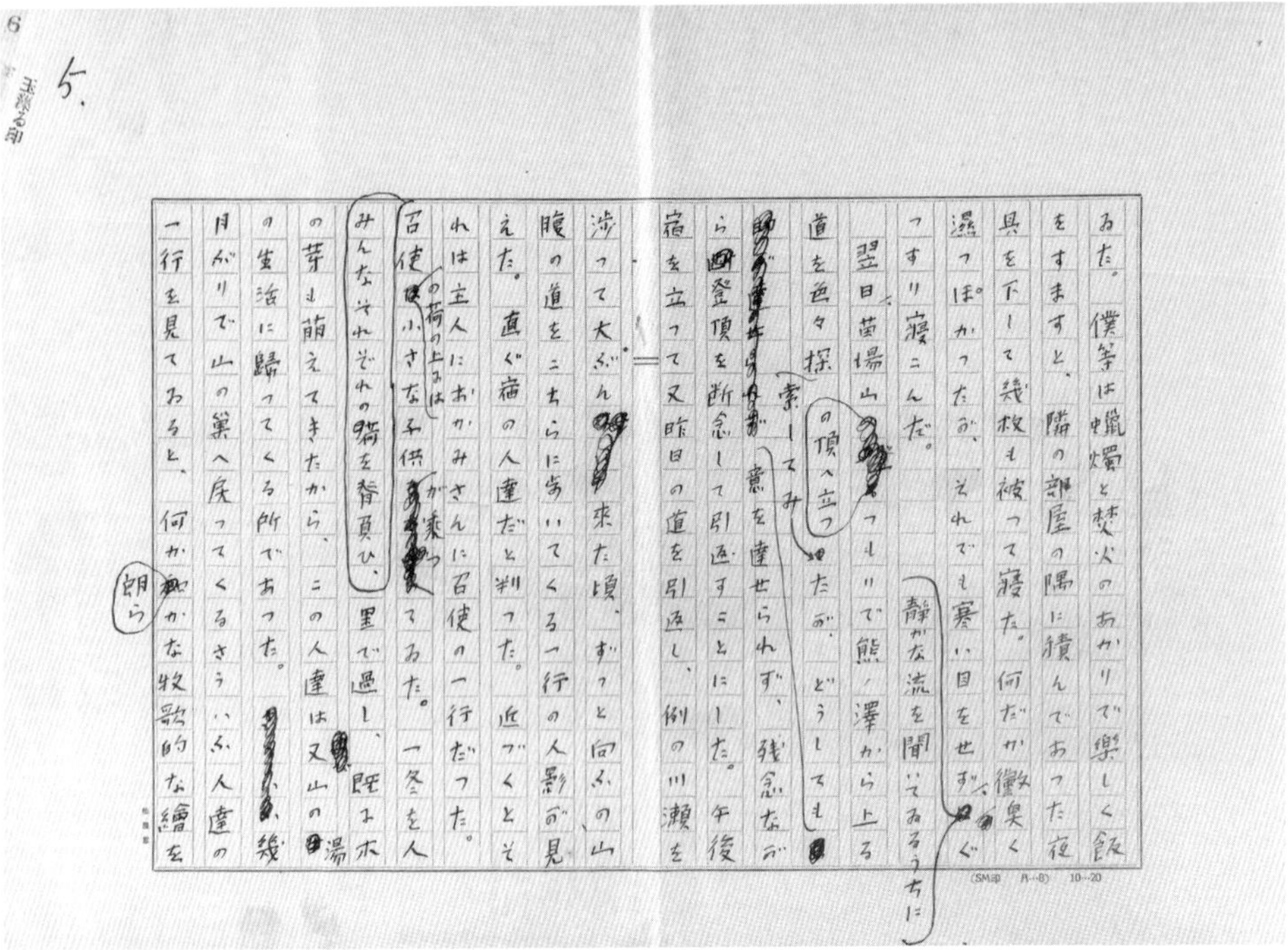
5.

ゐた。僕等は蠟燭と焚火のあかりで楽しく飯をすますと、隣の部屋の隅に積んであつた寝具を下して幾枚も被つて寝た。何だか黴臭く湿つぽかつたが、それでも寒い目をせずぐつすり寝こんだ。静かな流を聞いてゐるうちに

翌日苗場山の頂へ立つつもりで熊ノ澤から上る道を色々探索してみたが、どうしても意を達せられず、残念ながら登頂を断念して引返すことにした。午後宿を立つて又昨日の道を引返し、例の川瀬を渉つて大ぶん来た頃、ずつと向ふの山腹の道をこちらに歩いてくる一行の人影が見えた。直ぐ宿の人達だと判つた。近づくとそれは主人におかみさんに召使の一行だつた。召使の荷の上には小さな子供が乗つてゐた。一冬を人里で過し、既に木の芽も萌えてきたから、この人達は又山の湯の生活に帰つてくる所であつた。幾月ぶりで山の巣へ戻つてくるさういふ人達の一行を見てゐると、何か朗らかな牧歌的な繪を

翌日、苗場山の頂へ立つつもりで熊ノ沢から上る道を色々捜索してみたが、どうしても意を達せられず、残念ながら登頂を断念して引返すことにした。午後宿を立つて又昨日の道を引返し、例の川瀬を渉つて大ぶん来た頃、ずつと向ふの山腹の道をこちらに歩いてくる一行の人影が見えた。直ぐ宿の人達だと判つた。近づくとそれは主人におかみさんに召使の一行だつた。みんなそれぞれの荷を背負ひ、召使の荷の上には小さな子供が乗つてゐた。一冬を人里で過し、既に木の芽も萌えてきたから、この人達は又山の湯の生活に帰つてくる所であつた。幾月ぶりで山の巣へ戻つてくるさういふ人達の一行を見てゐると、何か朗らかな牧歌的な絵を眺めるやうな感じであつた。

行逢つて委しく訳を話すと、山の人達は色色親切に答へてくれた。そこで僕等はこの人達についてもう一度山の湯へ引返すことにした。

釣橋の所へ来た。其処で山の人達を荷を下し、その近くに蔵（しま）つてあった橋板を取出してきて、一枚一

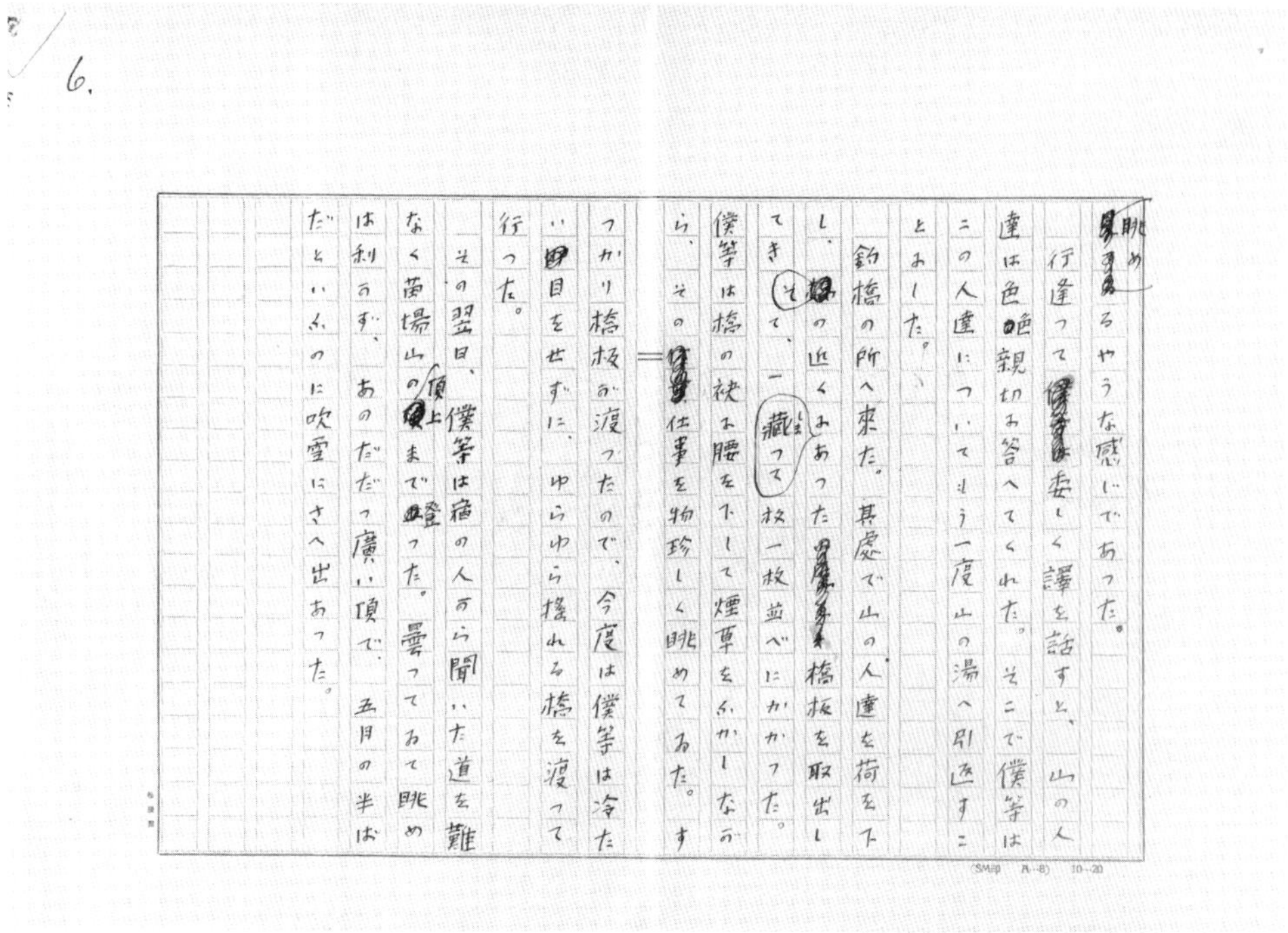
6.

眺めるやうな感じであつた。
行逢つて委しく譯を話すと、山の人
達は色々親切な答へてくれた。そこで僕等は
この人達について、もう一度山の湯へ引返すこ
とにした。
釣橋の所へ来た。其處で山の人達は荷を下
し、の近くにあつた橋板を取出し
てきて、一枚一枚並べにかかつた。
僕等は橋の袂に腰を下して煙草をふかしなが
ら、その仕事を物珍しく眺めてゐた。す
つかり橋板が渡つたので、今度は僕等は冷た
い目をせずに、ゆらゆら揺れる橋を渡つて
行つた。
その翌日、僕等は宿の人から聞いた道を難
なく苗場山の頂上まで登つた。曇つてゐて眺め
は利かず、あのだだつ廣い頂で、五月の半ば
だといふのに吹雪にさへ出あつた。

枚並べにかかつた。僕等は橋の袂は腰を下して煙草をふかしながら、その仕事を物珍しく眺めてゐた。すつかり橋板が渡つたので、今度は僕等は冷たい目をせずに、ゆらゆら揺れる橋を渡つて行つた。

その翌日、僕等は宿の人から聞いた道を難なく苗場山の頂上まで登つた。曇つてゐて眺めは利かず、あのだだつ広い頂で、五月の半ばだといふのに吹雪にさへ出あつた。

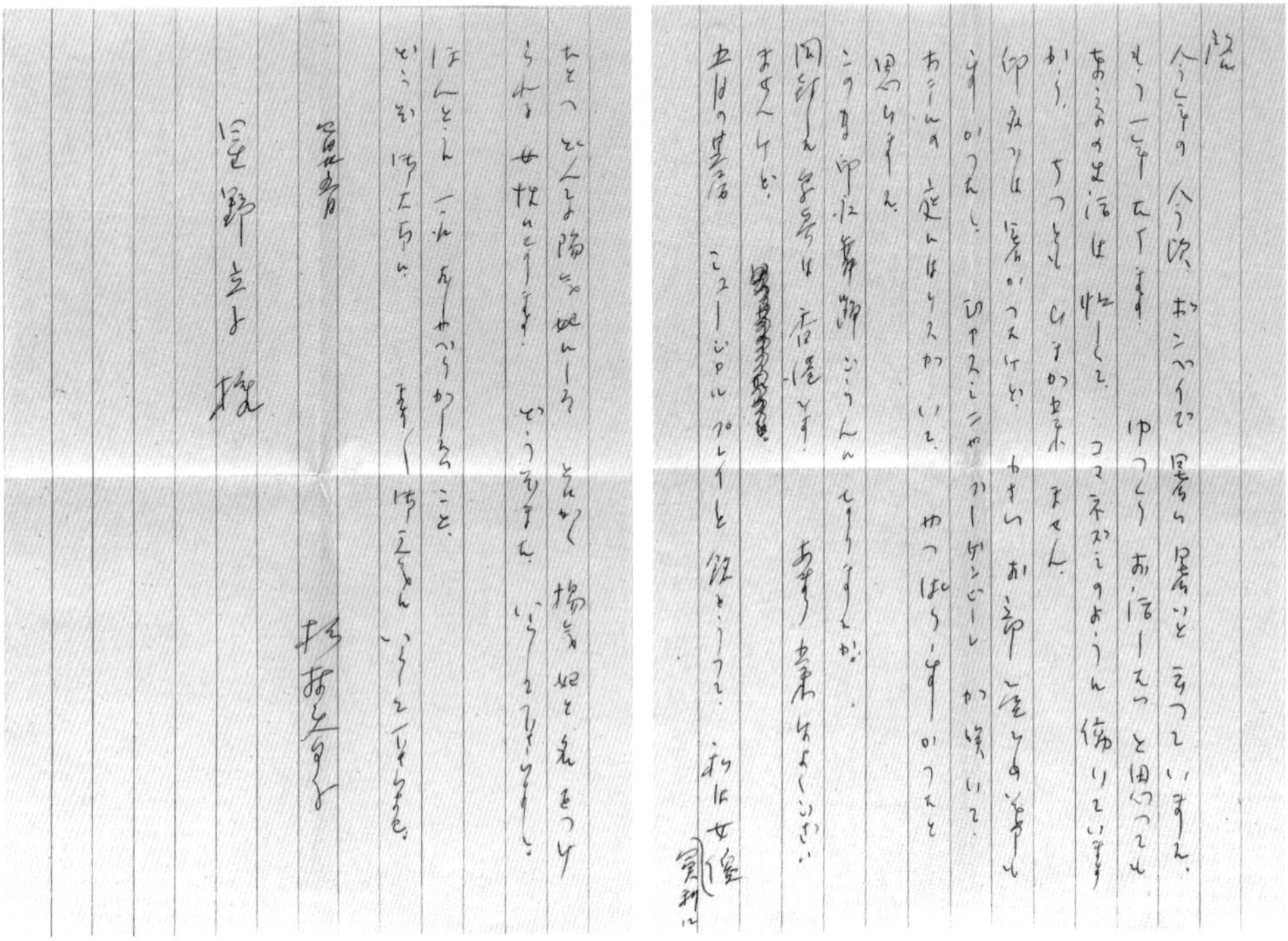

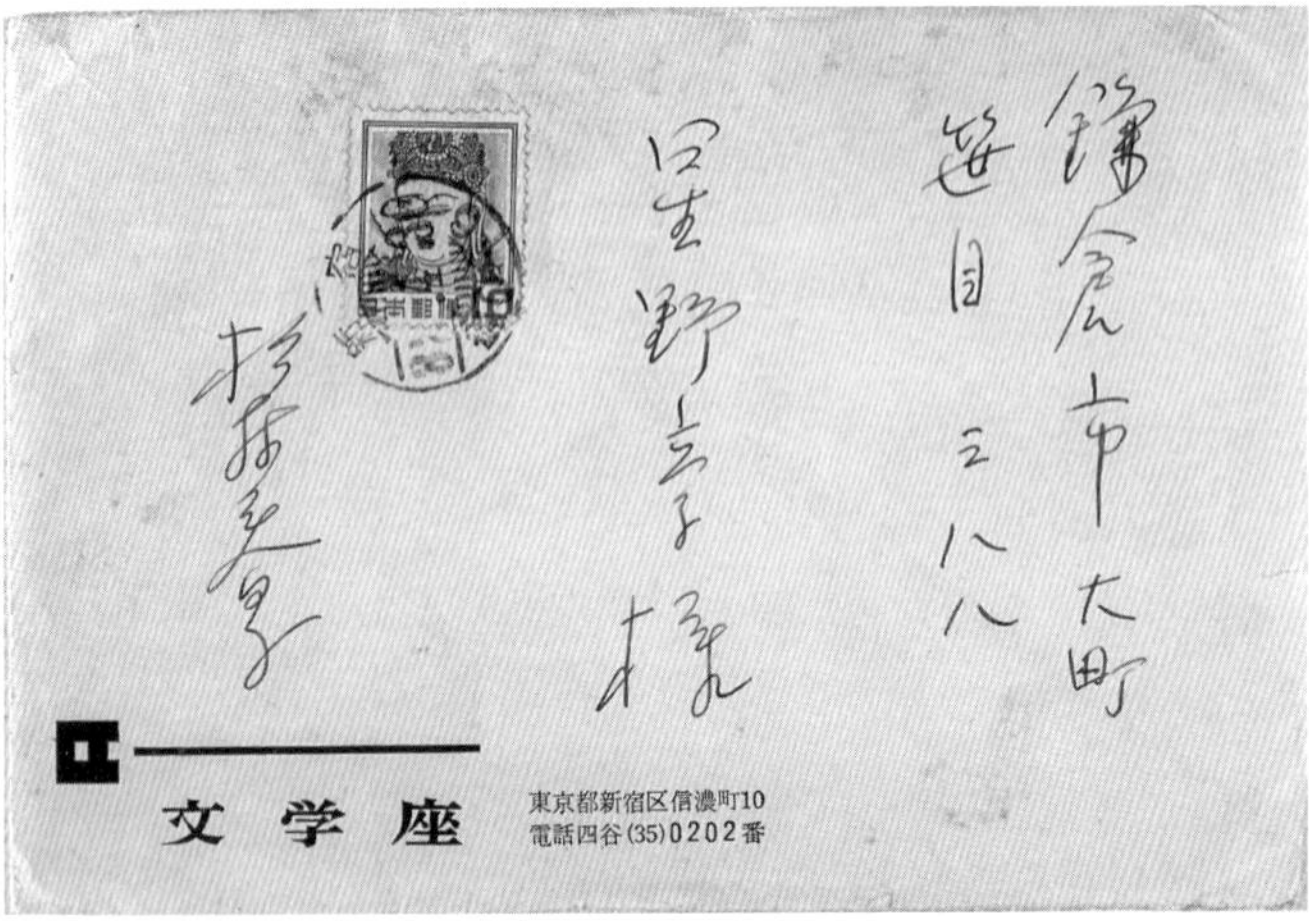

鎌倉市大町
笹目三八八
星野立子様
杉村春子

［書簡　杉村春子より］

啓
今年の今頃ボンベイで暑い暑いと云つていました。
もう一年たちます、ゆつくりお話したいと思つても
東京の生活は　忙しくて、コマネズミのように働いています
から、ちつとも　ひまが出来ません、
印度では暑かつたけど、小さいお部屋での暮しも
楽しかつたし、ジャスミンやブーゲンビーレが咲いて、
ホテルの庭にはリスがいて、やつぱり楽しかつたと
思ひました、
この度印度舞踊ごらんになりましたか。
同封した写真は香港です、あまり出来はよくござい
ませんけど、
五月の芝居　ミュージカルプレイと銘をうつて、私は女優冥利に
たとへどんな楊気妃にしろ、とにかく楊気妃と名をつけ
られる女性になります、どうぞまた、いらして下さいまし。
ほんとうに一度おしやべりがしたいこと、
どうぞ御大切に、ますく〵御元気にいらして下さいませ。

杉村春子

四月廿九日
星野立子様

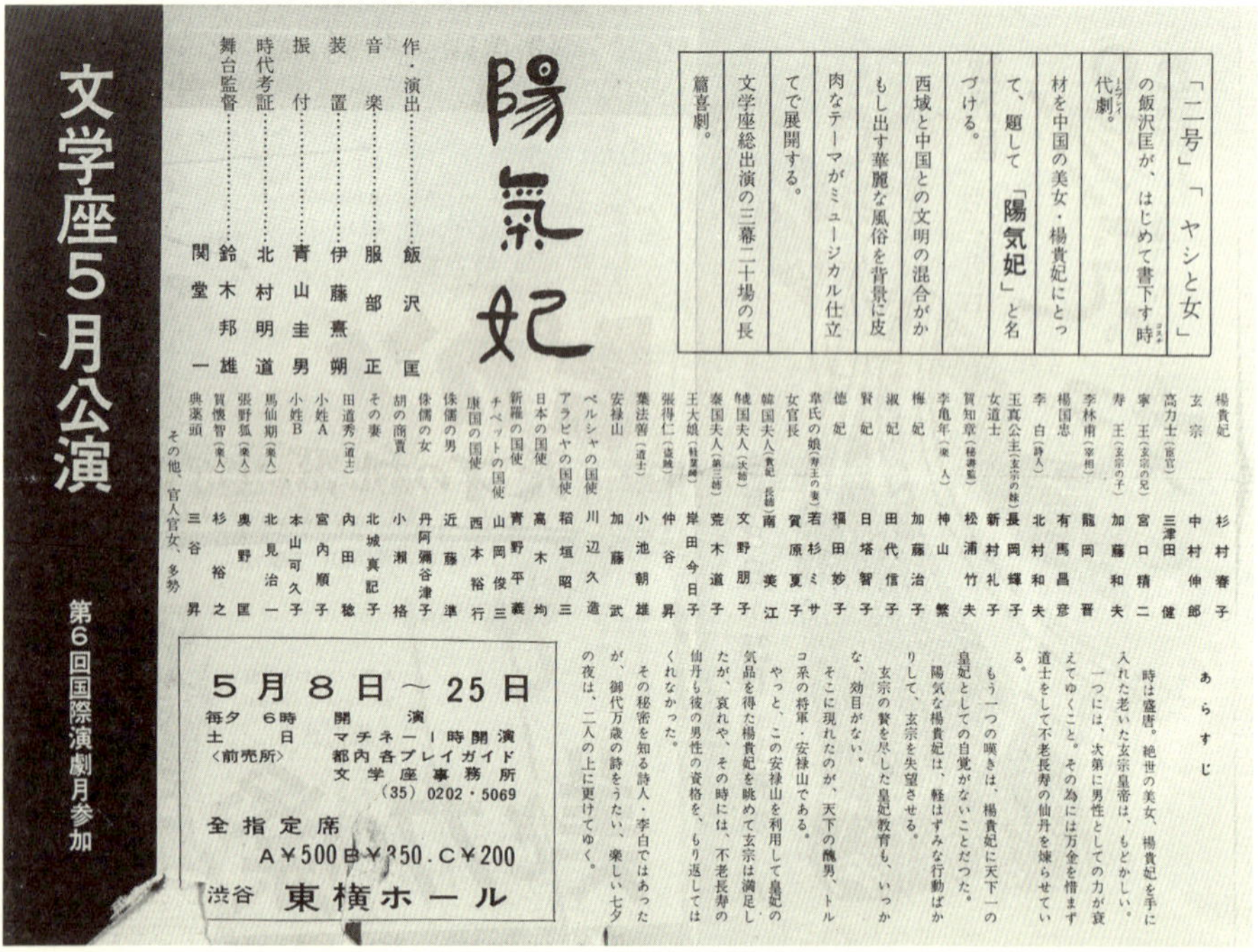

文学座5月公演

第6回国際演劇月参加

陽氣妃

作・演出……飯沢匡
音楽……服部正
装置……伊藤熹朔
振付……青山圭男
時代考証……北村明道
舞台監督……鈴木邦雄 関堂一

「二号」「ヤシと女」の飯沢匡が、はじめて書下す時代劇。材を中国の美女・楊貴妃にとって、題して「陽気妃」と名づける。

西域と中国との文明の混合がかもし出す華麗な風俗を背景に皮肉なテーマがミュージカル仕立てで展開する。

文学座総出演の三幕二十場の長篇喜劇。

楊貴妃	杉村春子
玄宗	中村伸郎
高力士（宦官）	三津田健
寧王（玄宗の兄）	宮口精二
寿王（玄宗の子）	加藤和夫
李林甫（宰相）	龍岡晋
楊国忠	有馬昌彦
李白（詩人）	北村和夫
玉真公主（玄宗の妹）	長岡輝子
女道士	新村礼子
賀知章（秘書監）	松浦竹夫
李亀年（楽人）	神山繁
梅妃	加藤治子
淑妃	田代信子
賢妃	日塔智子
徳妃	福田妙子
韋氏の娘（寿王の妻）	若杉ミサ
女官長	賀原夏子
韓国夫人（貴妃長姉）	南美江
虢国夫人（次姉）	文野朋子
秦国夫人（第三姉）	荒木道子
王大娘（軽業師）	岸田今日子
張得仁（盗賊）	仲谷昇
葉法善（道士）	小池朝雄
安禄山	加藤武
ペルシャの国使	川辺久造
アラビヤの国使	稲垣昭三
日本の国使	高木均
新羅の国使	青野平義
チベットの国使	山岡俊三
康国の国使	西本裕行
侏儒の男	近藤準
侏儒の女	丹阿彌谷津子
胡の商賈	小瀬格
その妻	北城真記子
田道秀（道士）	内田稔
小姓A	宮内順子
小姓B	本山可久子
馬仙期（楽人）	北見治一
張野狐（楽人）	奥野匡
賀懐智（楽人）	杉裕之
典薬頭	三谷昇

その他、官人官女、多勢

あらすじ

時は盛唐。絶世の美女、楊貴妃を手に入れた老いた玄宗皇帝は、もどかしい。

一つには、次第に男性としての力が衰えてゆくこと。その為には万金を惜まず道士をして不老長寿の仙丹を煉らせている。

もう一つの嘆きは、楊貴妃に天下一の皇妃としての自覚がないことだった。陽気な楊貴妃は、軽はずみな行動ばかりして、玄宗を失望させる。

玄宗の贅を尽した皇妃教育も、いっかな、効目がない。

そこに現れたのが、天下の醜男、トルコ系の将軍・安禄山である。

やっと、この安禄山を利用して皇妃の気品を得た楊貴妃を眺めて玄宗は満足したが、哀れや、その時には、不老長寿の仙丹も彼の男性の資格を、もり返してはくれなかった。

その秘密を知る詩人・李白ではあったが、御代万歳の詩をうたい、楽しい七夕の夜は、二人の上に更けてゆく。

5月8日〜25日
毎夕 6時 開演
土 日 マチネー1時開演
〈前売所〉 都内各プレイガイド
文学座事務所
(35) 0202・5069

全指定席
A¥500 B¥350. C¥200

渋谷 東横ホール

〔前の書簡に同封されたチラシ〕

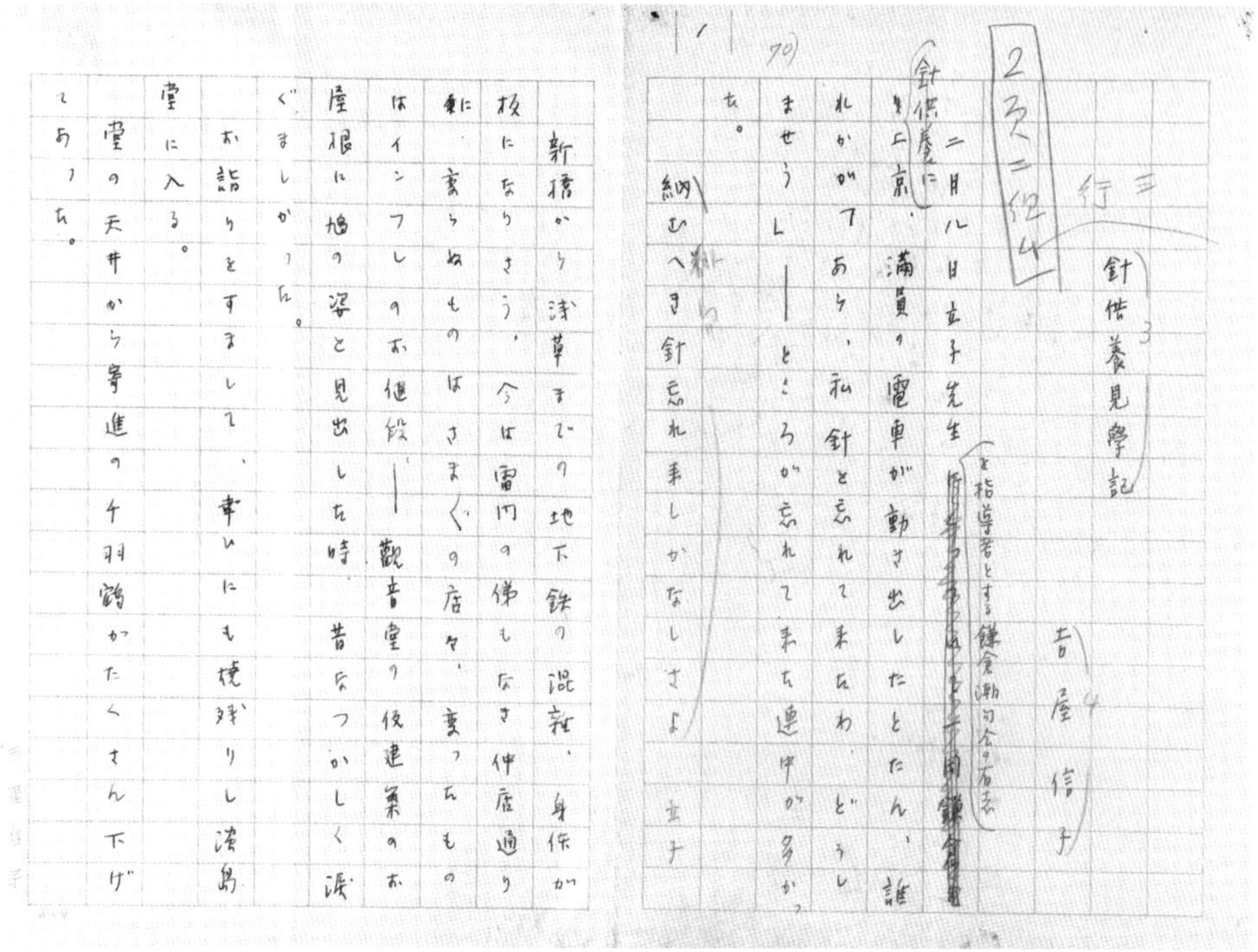

針供養見学記

［直筆原稿　吉屋信子］

吉屋信子

二月八日立子先生を指導者とする鎌倉潮句会の有志針供養に上京。満員の電車が動き出したとたん、誰れかが「あら、私針を忘れて来たわ、どうしませう」——ところが忘れて来た連中が多かった。

　納むべき針忘れ来しかなしさよ　立子

新橋から浅草までの地下鉄の混雑、身体が板になりさう。今は雷門の俤もなき仲店通りに、変らぬものはさま〴〵の店々、変ったものはインフレのお値段——観音堂の仮建築のお屋根に鳩の姿を見出した時、昔なつかしく涙ぐましかった。

お詣りをすまして、幸いにも焼残りし淡島堂に入る。

堂の天井から寄進の千羽鶴がたくさん下げてあっ

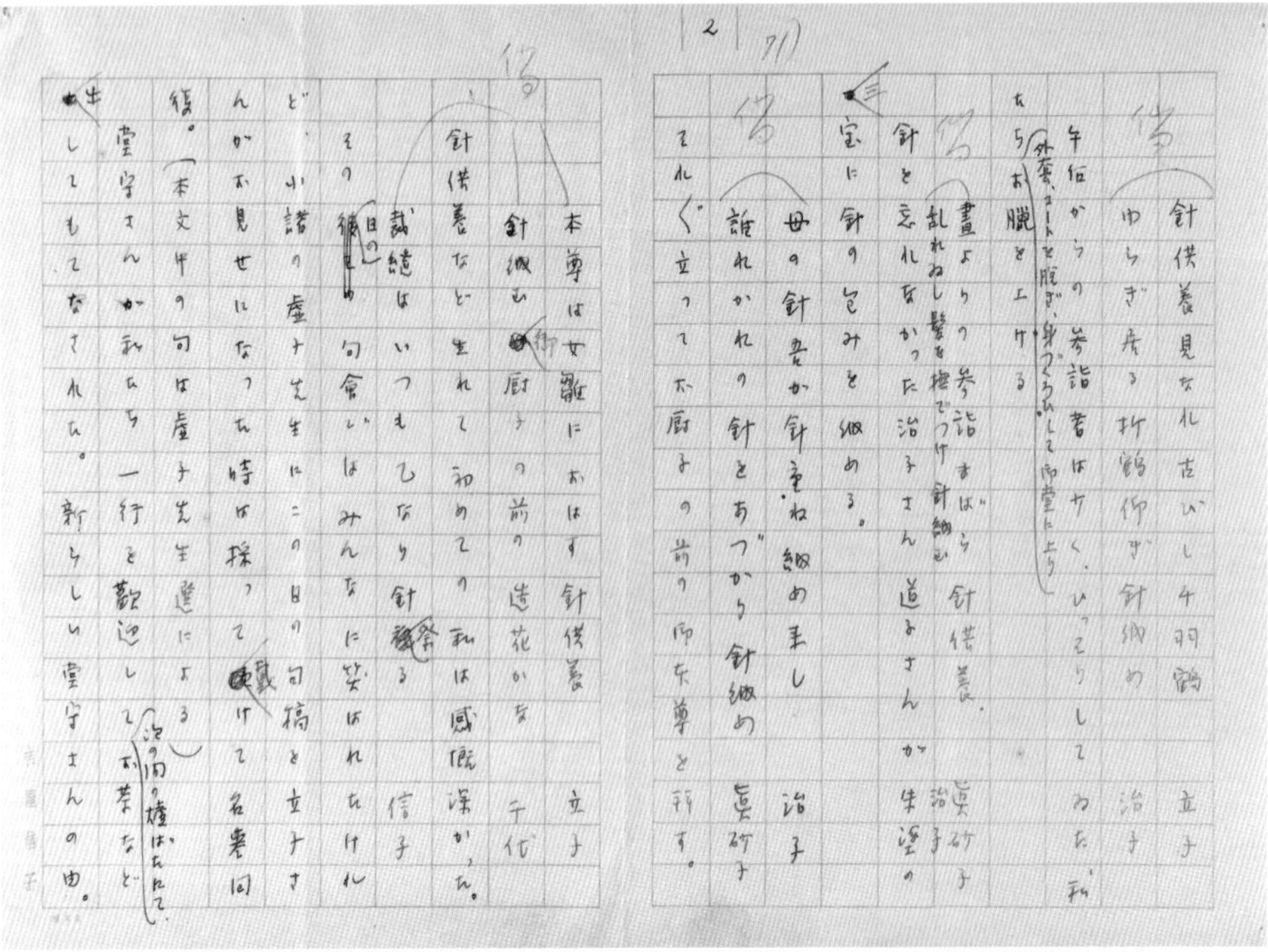

た。

針供養見なれ古びし千羽鶴　立子

ゆらぎ居る折鶴仰ぎ針納め　治子

午后からの参詣者は少く、ひっそりしてゐた、私たち外套、コートを脱ぎ、身づくろひして御堂に上りたちお蠟を上げる。

昼よりの参詣まばら針供養　眞砂子

乱れゐし髪を撫でつけ針納む　治子

針を忘れなかった治子さん道子さんが朱塗の三宝に針の包みを納める。

母の針吾が針重ね納め来し　治子

誰れかれの針をあづかり針納め　眞砂子

それ〴〵立ってお厨子の前の御本尊を拝す。

本尊は女雛におはす針供養　立子

針納む御厨子の前の造花かな　千代

針供養など生れて初めての私は感慨深かった。

裁縫はいつも乙なり針祭る　信子

その日の句会ではみんなに笑はれたけれど、小諸の虚子先生にこの日の句稿を立子さんがお見せに

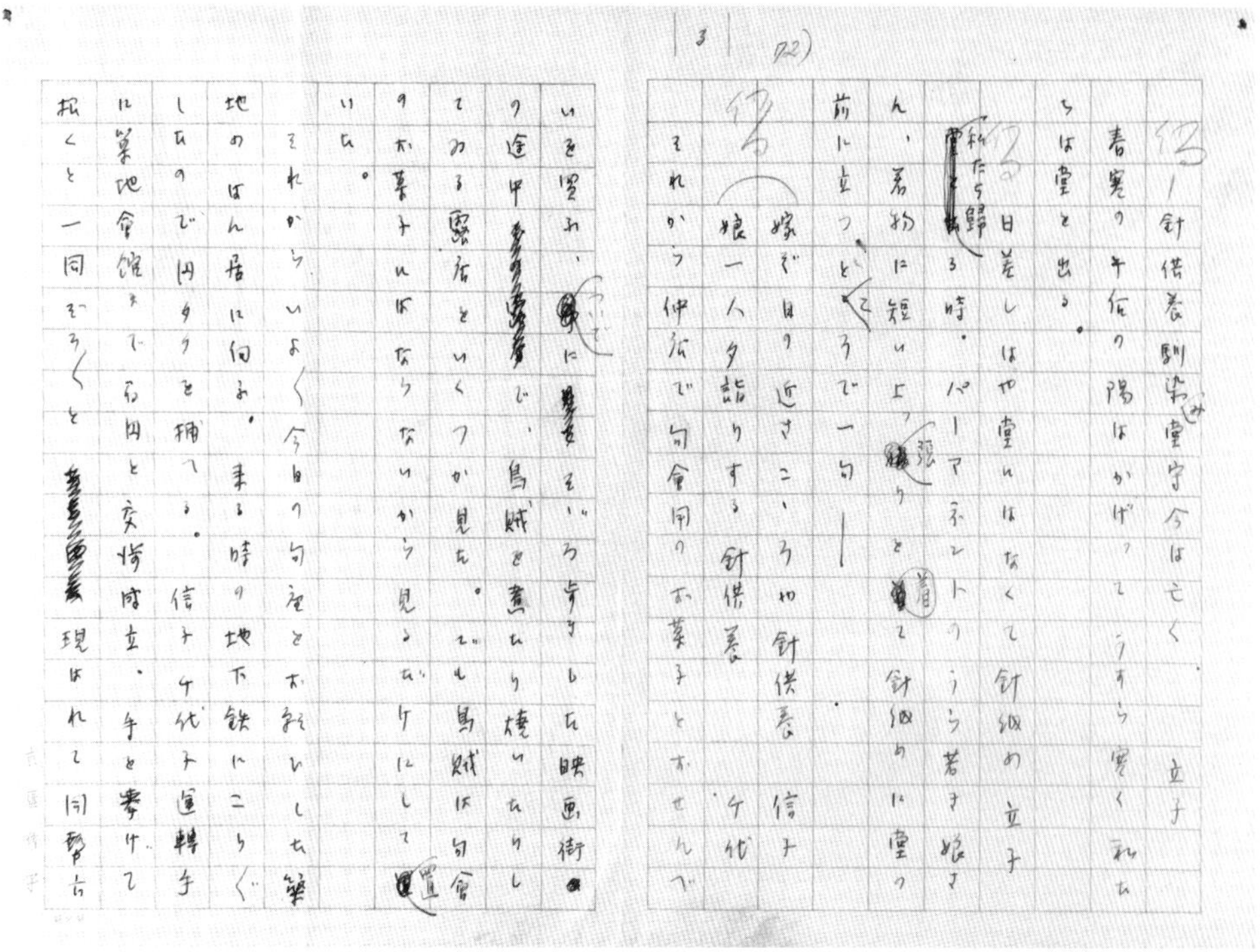

なった時は採って戴けて名誉回復。（本文中の句は
虚子先生選による）

堂守さんが私たち一行を歓迎して次の間の炉ばたにて、お茶など出してもてなされた。新らしい堂守さんの由。

針供養馴染み堂守今は亡く　立子

春寒の午后の陽はかげってうすら寒く私たちは堂を出る。

日差しはや堂にはなくて針納め　立子

私たち帰る時。パーマネントのうら若き娘さん、着物に短い上っ張りを着て針納めに堂の前に立つところで一句――

嫁ぐ日の近きこゝろや針供養　信子
娘一人夕詣りする針供養　千代

それから仲店で句会用のお菓子とおせんべいを買ふ、ついでにそゞろ歩きした映画街の途中で、烏賊を煮たり焼いたりしてゐる露店をいくつか見た。でも烏賊は句会のお菓子にはならないから見るだけにして置いた。

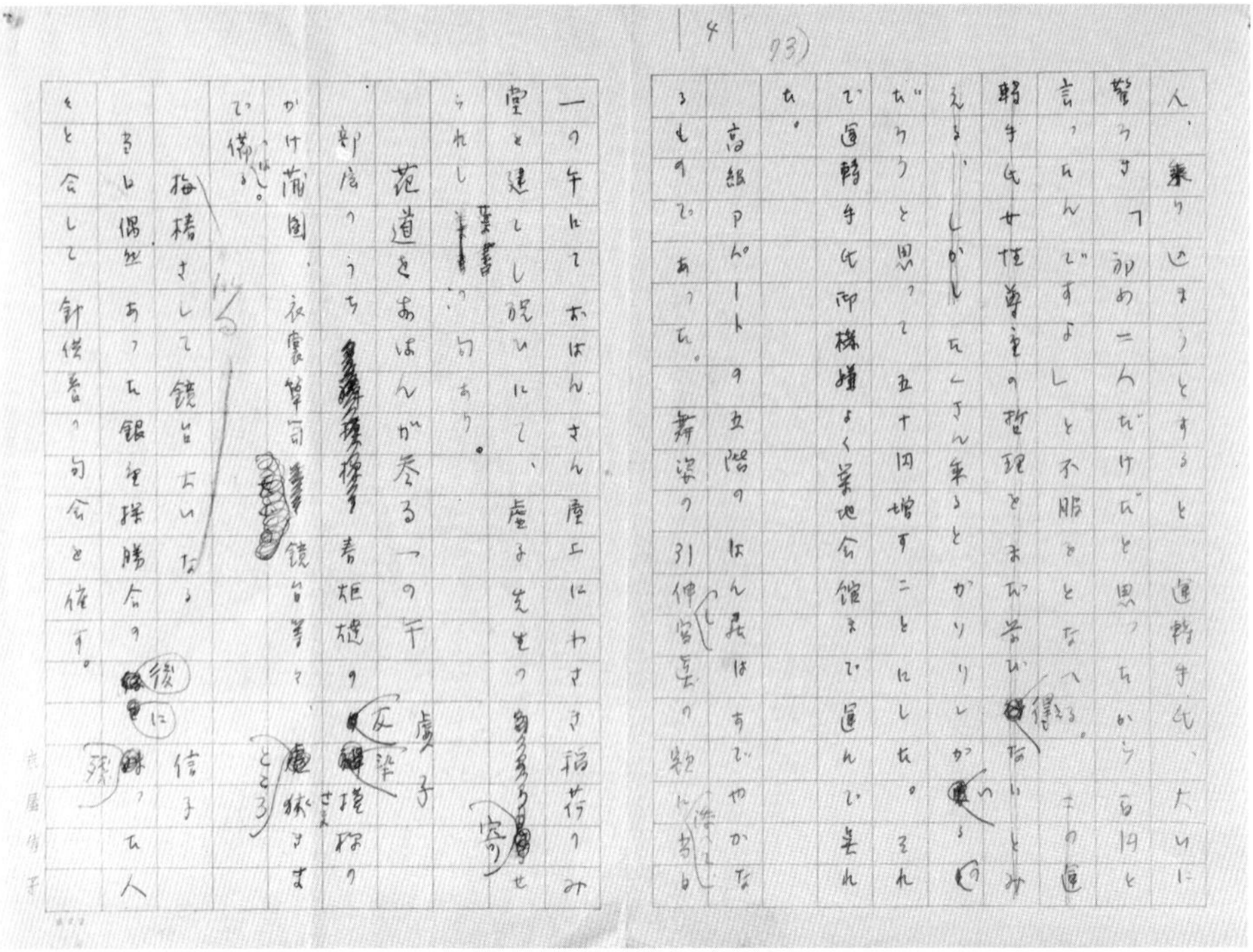

それからいよ〳〵今日の句座をお願いした築地のはん居に向ふ。来る時の地下鉄にこり〴〵したので円タクを捕へる。信子千代子運転手に築地会館まで百円と交渉成立。手を挙げて招くと一同ぞろ〳〵と現はれて同勢六人、乗り込まうとすると、運転手氏、大いに驚ろき「初め二人だけだと思ったから百円と言ったんですよ」と不服をとなへる。たくさん乗るとガソリンがいるのだろうと思って五十円増すことにした。それで運転手氏御機嫌よく築地会館まで運んで呉れた。

高級アパートの五階のはん居はあでやかなるものであった。舞姿の引伸し写真の額に添へて、当日一の午にておはんさん屋上に小さき稲荷のみ堂を建てし祝ひにて、虚子先生の寄せられし葉書の句あり。

花道をおはんが参る一の午　虚子

部屋のうち春炬燵の友染模様のかけ蒲団、衣裳簞笥鏡台等々、とろろ狭(せま)きまで備はる。

梅椿さして鏡台大いなる　信子

当日偶然あった銀座探勝会の後に残った人々と合

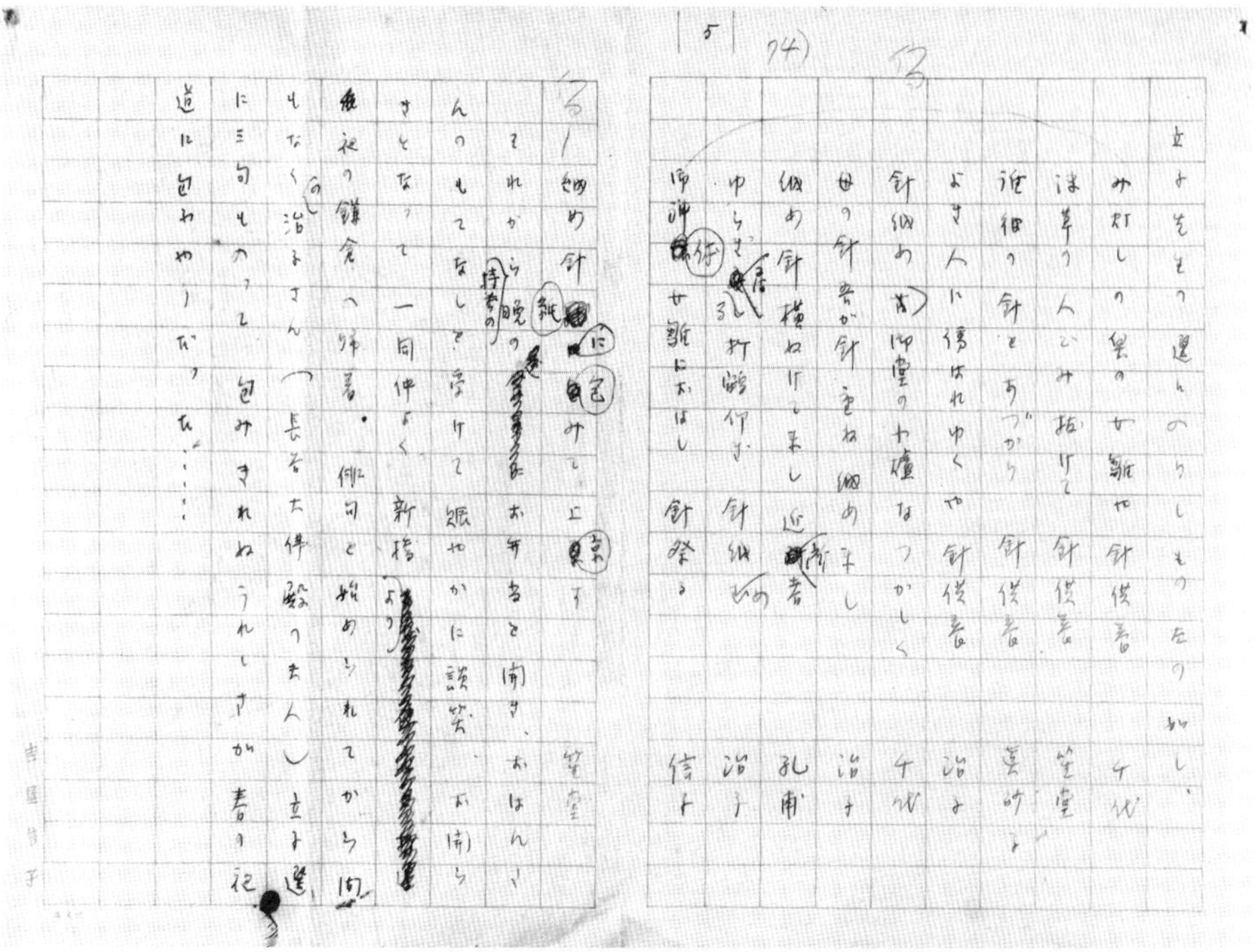

して針供養の句会を催す。
立子先生の選にのりしもの左の如し。

み灯しの奥の女雛や針供養　千代
浅草の人ごみ抜けて針供養　篁堂
誰彼の針をあづかり針供養　眞砂子
よき人に伝はれゆくや針供養　治子
針納め御堂の小炉なつかしく　千代
母の針吾が針重ね納め来し　治子
納め針横ぬけて来し近所者　孔甫
ゆらざ居る折鶴仰ぎ針納め　治子
御神体女雛におはし針祭る　信子
納め針紙に包みて上京す　篁堂

それから持参の晩のお弁当を開き、おはんさんのもてなしを受けて賑やかに談笑、お開きとなって一同仲よく新橋より夜の鎌倉へ帰着。俳句を始められてから間もなくの治子さん（長谷大佛殿の夫人）立子選に五句ものって、包みきれぬうれしさが春の夜、道に匂ふやうだった……

福岡・板付飛行場（5月14日）

熊本・江津荘（5月16日）

熊本・三角港（日付不明）

長崎・花月（5月17・18日）

福岡・甘木公園（5月22日）

[アルバムより]
上の写真5点はすべて1955（昭和30）年撮影

帯塚

高浜虚子は九州を訪れる時、いつも着物姿角帯（博多織ときわ帯）を締め、羽織を着ていたという。

「古帯」という虚子の文章が『ホトトギス』、『玉藻』に掲載されている。

福岡・太宰府花鳥山佛心寺裏

「私は使ひ古したるものは或限界迄、そのまま用ふることにしてをる」に始まり、「博多のある俳人が贈つてくれた帯を愛用していたが、だんだんすり切れてきた。もとはおなかに三回りして締めていたのが、両端がほつれてそこを切り捨てたので二回りしかできず、それでも締めなれているので使つていた。夫人に新しいのを買つてきているので換えてくださいと言はれる」。

中西博多帯屋から送ったあの帯のことたい、と河野静雲。〝博多の俳人〟は静雲のこと。ついに帯はくたびれ果て、古帯の後始末となり、静雲に返すことで話がつく。「仏心寺裏の山の椎の木林に埋めてほしい」という注文付きで古帯の小さな包みが届けられた。「お経を読んで貰ふといふやうなことはしなゐ様、従つて永代経料といふやうなものは差し上げません。只黙つて埋めて下されば結構です……」と、虚子。

かくて佛心寺虚子堂に届いた古帯は冨永朝堂作虚子像横にたたみ置かれた。それを見に来る人が絶えない。風聞した虚子の、「あの古い帯はいつ成仏することやら」と『玉藻』昭和二十九年十月号に載った。

「帯塚」と彫り、虚子堂裏の月山とも刻山（とき）とも呼ぶ山の椎の木三本の樹下に据えられた。石の下に古帯はビニールに包み、小さな壺に消し炭とともに入れて埋められている。

季題別索引

＊傍題を詠んだものは、本季題にまとめて収録した。

あ行

青田 192
秋 51・58・77・87・173・177・185・186・187・197・198・199
秋惜む 80・187
秋風 49・54・71・173・174・177・178
秋草 65
秋時雨 12
秋澄む 74
秋高し 13・58・177・186
秋の朝 186
秋の雨 57
秋の蚊 83
秋の暮 67・179・180・187
秋の声 81・198
秋の蟬 49・63・174
秋の空 53・58・79・177・187・193
秋の蝶 53
秋の虹 50・185
秋の日 54・193
秋の灯 187
秋の蛍 68
秋の水 49・174
秋の夜 58・186
秋晴 47・56・60・178
秋日傘 64
秋深し 54・72・85・174
秋めく 69
朝寒 199
浅漬 180
紫陽花 183・198
馬酔木の花 182
暑さ 193
天の川 69・81・178
杏の花 183
銀杏落葉 180・181
稲田 79
稲妻 198
稲の花 173・183・198
色変へぬ松 85
色なき風 78
鰯雲 81・175・198
羅 55
うそ寒 72
空蟬 57・84
梅 182
盂蘭盆 63・196
麗か 13・195
炎天 13
鷗外忌 86
落鰻 57
踊 196
朧 192

か行

案山子 50・54・67
柿 13・68・80
賀状 191
風薫る 13・192
蟹 196
南瓜 70
神の留守 75
神渡 51
鴨 51・59
雁 78・80
枯草 59
枯蔓 59
枯蟷螂 66
寒 191
寒明 194
甘藷 181
寒椿 12
カンナ 79
神無月 189
北風 190
菌 56・60
霧 55・70・176・178
桐一葉 197
金柑 179

草の花 174・178
草紅葉 60・180
山梔子 184
山梔子の花 195
雲の峰 50・193
暮の秋 47・175
氷 52
蟋蟀 78
鶏頭 83
金亀虫 55
木枯 189
極月 68
木下闇 14
コスモス 13
小鳥 175
木の葉髪 75
辛夷 182

さ行

柘榴 82・181
寒さ 188・189
百日紅 183
爽やか 77・177
珊瑚草 180・181
シクラメン 183
ジャカランダ 55
十一月 188
十月 79
秋気 74
秋光 46・58
秋思 67
十薬 183・195
秋冷 173
春暁 76
春塵 195
春雷 14
正月 46
障子貼る 193
ショール 189
震災忌 49
新年 52
新米 76
新涼 185・186
新藁 175
冷まじ 82・199
芒 56・61
涼し 77
青邨忌 52
蟬 185
千両 180
添水 85
蕎麦の花 184

た行

蓼の花 78
魂祭 86
茶の花 60
蝶 84
月 73
月代 82
月見 69
椿 194
燕帰る 86
露 56・61・65・71・72・74・83
露草 183
鶴 73
釣瓶落し 46・87
石蕗の花 68
踏青 14
蟷螂 66
蜻蛉 69・76・78

な行

夏 55・193・197
夏草 12
夏の風 192
夏の蝶 196
二百十日 49
入学 191
野菊 51
残る虫 53・75
後の月 47・84
野分 47・81

は行

墓参 198
萩 184
白秋忌 64
葉鶏頭 68
裸 63
跣足 76
八月 175
初秋 57・72
ばつた 86
花 84・192・195
花莫蓙 84
花野 176・177・178
花見 192
春 191・194
春浅し 12・191
春寒 13
春の鴨 194
春深し 192

晩夏　70・73
ハンカチーフ　197
斑猫　196
火恋し　64・65・74
避暑　70
穭　179・180・181
日向ぼこり　77・181
ヒヤシンス　76
冬枯　199
冬銀河　190
冬籠　189
冬ざれ　59
冬近し　175
冬の蝶　59
冬の灯　189
冬の星　52
冬の夜　188
冬の雷　52・73
冬北斗　188・190
芙蓉　184
糸瓜　83
豊年　175
星月夜　48・70・82

ま行

祭　54・197
豆の花　14
曼珠沙華　184・198
蜜柑　71
水澄む　67・173
水温む　194
水引の花　60・85
道をしへ　63
身に入む　174・199
蓑虫　48・82
蚯蚓　79
虫　53・63・65・67・196
麦の秋　14
紫式部の実　75
毛布　87
虎落笛　189
木犀　184
鵙　174
ものの芽　195
桃　71
桃の花　182・195

や行

藪柑子　182
八手の花　184
山吹　195
山葡萄　65
やや寒　73
破芭蕉　64
夕月夜　69・199
雪　61・80
行秋　47
行春　14
柚子　87
ユッカ　183
夢二忌　87
夜寒　75

ら行

立秋　86
立冬　80
流星　57・193
流灯　62
良夜　56
林檎　51

わ行

早稲　50
渡り鳥　74・81・83
吾亦紅　64・72

伝統を踏まえ、いかに明日につなげていくのか――
新作を含めた、同一季題による星野家の三重奏。
作句の貴重な手引きともなる座右の書。

四六判・二四二ページ
上製本・カバー巻き
二一一季題収録
題字：山本素竹
定価二一六〇円（税込）

季題別句集

行路

星野立子
星野椿
星野高士

編集・発行　鎌倉虚子立子記念館
〒二四八−〇〇〇二　鎌倉市二階堂一三一−一
電　話　〇四六七（六一）二六八八
ＦＡＸ　〇四六七（六一）二六三一

制作・発売　図書出版花乱社

復刊記念シンポジウム　明日の俳句へ

俳誌　六分儀

題字：山本素竹

【開催日】
2015年2月14日（土）
［9：45〜16：30］

【開　場】午前9時30分

【会　場】石橋文化センター 共同ホール
福岡県久留米市野中町1015
TEL 0942（33）2271

【入場料】無料
＊センター内庭園は9：00〜17：00入場無料です。

プログラム

投句受付 9：30〜［参加者当日吟／一人3句］　投句締切 11：00
＊初めての方も，是非この機会に俳句を詠んでみませんか。

開会挨拶 9：45〜10：00
多田　薫　俳誌『六分儀』代表／山本素竹　同 選者

基調講演 10：00〜11：00

「花鳥諷詠の新」

講師＝星野高士　『玉藻』主宰／鎌倉虚子立子記念館長

【昼食】11：10〜12：50
＊この間，主催者よりのメッセージやスクリーン上映あり。
また，特別展示もお楽しみ下さい。

シンポジウム 13：00〜14：45

「明日の俳句へ：実作者の立場から」

［パネラー］
星野高士　『玉藻』主宰／鎌倉虚子立子記念館長
筑紫磐井　『豈』発行人／「blog 俳句新空間」相談役
上田日差子　『ランブル』主宰／俳人協会幹事
岸本尚毅　『天為』・『屋根』同人／俳人協会幹事
［コーディネーター］
山本素竹　書家／日本伝統俳句協会会員

句会 15：00〜16：30

選者＝星野高士／筑紫磐井／上田日差子
岸本尚毅／山本素竹／山下しげ人（順不同）

披講：山下しげ人　表彰

◎特別展示◎
9：30〜16：30 会場内／研修室／ホワイエ

【虚子と九州俳壇】
川端茅舎発掘関連資料
初公開を含む

【西島伊三雄童画展】
春よ来い！

▷主　催：俳誌『六分儀』
▷共　催：㈱アトリエ童画（ドガ）／鎌倉虚子立子記念館／ふる里俳句館（八代市）
▷協　力：ホテル マリターレ創世 久留米／図書出版花乱社／ギャラリー 風／葦書房
▷問合せ：俳誌『六分儀』編集室　TEL 0942-55-8492

❖俳誌『六分儀』（ろくぶんぎ　sextant：『ばあこうど』改題）
時代や社会が如何に変遷しようと，私たちは俳句を作り続けていきたい。太陽や北極星の高度を測り，自分の位置を正確に知る——。志こそが明日の俳句へとつながるものと信じる。

◉石橋文化センター・アクセス
►ＪＲ久留米駅よりバスで約15分「文化センター前」下車
►西鉄久留米駅よりバスで約5分「文化センター前」下車
►徒歩：西鉄久留米駅より約10分
►車：久留米インターより約10分 有料駐車場有
※なるべく公共交通機関をご利用願います。

❖ 講師・選者紹介

星野高士

星野高士　ほしの たかし
昭和27（1952）年，鎌倉市生まれ。祖母・星野立子に師事。『玉藻』主宰。鎌倉虚子立子記念館長。ホトトギス同人，日本文藝家協会会員，日本伝統俳句協会会員。句集『破魔矢』『谷戸』『無尽蔵』『顔』『残響』，ほかに『美・色香』『星野立子』など。

筑紫磐井

筑紫磐井　つくし ばんせい
昭和25（1950）年，東京都生まれ。『豈』発行人。「blog 俳句新空間」相談役。俳人協会評議員，日本文藝家協会会員。句集『野千』『婆伽梵』『花鳥諷詠』『我が時代』，評論集『飯田龍太の彼方へ』（俳人協会評論新人賞）『定型詩学の原理』（正岡子規国際俳句賞特別賞）『伝統の探求』（俳人協会評論賞受賞）『戦後俳句の探求』（近刊），編著『現代百名句集』（10巻）『相馬遷子　佐久の星』『俳句教養講座』（3巻）など。

山本素竹

山本素竹　やまもと そちく
昭和26（1951）年，群馬県生まれ。書家・篆刻家。1981年より書や篆刻の個展を続ける。1988年，野分会入会，稲畑汀子に師事。ホトトギス同人，日本伝統俳句協会会員，俳句同人誌『YUKI』同人。画廊あ・と代表。群馬県篆刻協会理事。ＮＨＫカルチャー俳句・篆刻講師。俳誌『六分儀』選者。第6回朝日俳壇賞。日本伝統俳句協会新人賞，協会賞。句集『百句』『百句 II』ほか。

岸本尚毅

岸本尚毅　きしもと なおき
昭和36（1961）年，岡山県生まれ。赤尾兜子・波多野爽波・田中裕明に師事。『天為』・『屋根』同人。山陽新聞俳壇選者。俳人協会幹事。日本文藝家協会会員。句集5冊のほか『高浜虚子　俳句の力』『ホトトギス雑詠選集百句鑑賞』『生き方としての俳句』『俳句のギモンに答えます』『高浜虚子の100句』『俳人セレクション 岸本尚毅集』『シリーズ自句自解ベスト100　岸本尚毅』など著書多数。俳人協会評論賞などを受賞。

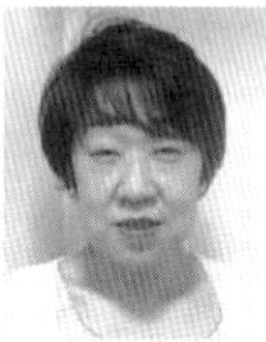
上田日差子

上田日差子　うえだ ひざし
昭和36（1961）年，静岡県生まれ。父・上田五千石に師事。『ランブル』主宰。俳人協会幹事。日本文藝家協会会員。句集に『日差集』『忘南』『和音』（第34回俳人協会新人賞），句文集『子育ての十七音詩』『ちきゅうにやさしいことば』。

山下しげ人

山下しげ人　やました しげと
昭和34（1959）年，熊本県生まれ。1973年，『ホトトギス』投句，初入選。ホトトギス同人。日本伝統俳句協会評議員（九州地区事務局長）。2005年，私設「ふる里俳句館」開館，同館長。

特別展示「虚子と九州俳壇」
川端茅舎発掘関連資料初公開を含む

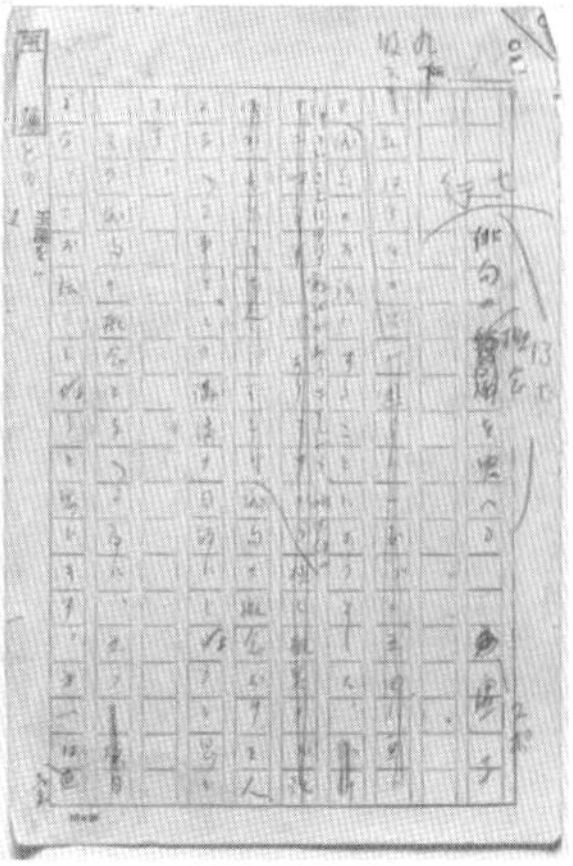
高濱虚子直筆原稿

川端茅舎短冊

特別展示「西島伊三雄童画展」
春よ来い！

西島伊三雄　にしじま いさお
1923（大正12）年，福岡市生まれ。1955（昭和30）年，二科会員，審査員。1978（昭和53）年，福岡市文化賞受賞。1980（昭和55）年，福岡市地下鉄各19駅のシンボルマーク制作。1981（昭和56）年，西日本文化賞受賞。1996（平成8）年，「博多座」のマークとロゴ制作。2001（平成13）年9月30日，逝去，享年78歳。2004（平成16）年，「福岡市名誉市民」の称号を授与。経歴＝博多町人文化連盟理事長，博多町家ふるさと館館長，福岡文化連盟理事長，九州グラフィックデザイン協会会長，日本デザイナー学院九州校校長。

賛同をいただいた方々

（50音順／地名は居住地）

あざ蓉子　『花組』主宰　玉名市

石瀧豊美　福岡地方史研究会会長　福岡県糟屋郡

石山　勲　元福岡県立図書館郷土資料課長　宗像市

稲畑廣太郎　『ホトトギス』主宰　東京都目黒区

稲光勇雄　福岡県立図書館元副館長　福岡市

井上陽水　歌手／音楽プロデューサー　東京都

茨木和生　『運河』主宰　奈良県生駒郡

内田麻衣子　野の花同人／現代俳句協会会員　東京都台東区

上迫和海　『天日』主宰　鹿児島市

上田日差子　『ランブル』主宰／（社）俳人協会幹事　東京都渋谷区

大高　翔　『藍花』所属　東京都南区

緒方　敬　『菜甲』主宰　太宰府市

奥坂まや　俳人　東京都世田谷区

櫂　未知子　『群青』代表　東京都新宿区

角川春樹　『河』主宰　東京都新宿区

金子兜太　現代俳句協会名誉会長　熊谷市

岸原清行　『青嶺』主宰／（社）俳人協会評議員／福岡県俳句協会会長　福岡県遠賀郡

岸本尚毅　『天為』・『屋根』同人／（社）俳人協会幹事　横浜市

岸本マチ子　『WAの会』代表　那覇市

岸本みか　日本文藝協会会員／作家　福岡市

神野紗希　俳人　国分寺市

河野美奇　ホトトギス同人／（公社）日本伝統協会常務理事　東京都目黒区

光畑浩治　NPO法人豊津小笠原協会理事　行橋市

木暮陶句郎　『ひろそ火』主宰　渋川市

後藤比奈夫　『諷詠』名誉主宰　神戸市

髙柳克弘　『鷹』編集長　国分市

田代朝子　『光円』前主宰／（社）俳人協会会員　福岡市

橘　英哲　筑紫女学園大学名誉教授　福岡県糟屋郡

谷口慎也　『連衆代表』／九州俳句作家協会会員　大牟田市

筑紫磐井　『豈』発行人／「BROG俳句空間」顧問　東京都杉並区

恒成美代子　現代歌人協会会員　福岡市
寺井谷子　『自鳴鐘』主宰　北九州市
鴇田智哉　『雲』編集長　小平市
内藤賢司　歌人　八女市
中屋敷宏　弘前大学名誉教授　弘前市
中杉隆世　ホトトギス同人　群馬県
中野信一　鎌倉虚子立子記念館員　鎌倉市
七田谷まりうす　『天為』同人／俳誌『六分儀』選者　東京都品川区
西島雅幸　博多町人文化連盟副理事長／(株)アトリエ童画代表取締役　福岡市
野見山ひふみ　『菜殻火』主宰／(社)俳人協会理事　直方市
秦夕美　現代俳句協会会員　福岡市
林加寸美　『万燈』主宰／ホトトギス同人　直方市
深野治　『西日本文化』編集長　福岡市
福本弘明　『天籟通信』代表　北九州市
坊城俊樹　俳誌『花鳥』主宰／(公社)日本伝統俳句協会理事　東京都渋谷区
坊城中子　俳誌『花鳥』名誉主宰　東京都渋谷区
保坂リエ　『くるみ』俳句会主宰　東京都世田谷区
星野高士　『玉藻』主宰／鎌倉虚子立子記念館長／ホトトギス同人　鎌倉市
星野椿　『玉藻』名誉主宰／ホトトギス同人　鎌倉市
堀本裕樹　俳人／『梓』同人　稲城市
丸林宏昭　人物写真家　福津市
三池賢一　元瀬高町図書館長　柳川市
宮坂静生　現代俳句協会会長　松本市
本井英　『夏潮』主宰　逗子市
森崎和江　詩人・作家　宗像市
山下しげ人　ホトトギス同人／『阿蘇』同人　八代市
山本素竹　ホトトギス同人／(公社)日本伝統俳句協会会員／書家／篆刻家／俳誌『六分儀』選者　渋川市
山本友美　同人誌『河床』編集長　福岡県八女郡
湯川雅　(公社)日本伝統俳句協会監事　香川県綾歌郡
吉岡紋　作家　福岡市
龍秀美　詩人　福岡市
渡辺玄英　詩人　福岡市

六分儀同人名簿（50音順）

大賀良子　〒八一一−〇二一三　福岡市東区和白丘二−一七−一三

大庭土筆　〒八二〇−〇〇八四　飯塚市椿五九八−一〇五

蔵本聖子　〒八二五−〇〇〇二　田川市大字伊田三八八四

古賀伸治　〒八一九−〇一六一　福岡市西区今宿東二−一五−一〇

小島春蘭　〒八四八−〇〇二六　伊万里市大川内丙二九〇三−二　古瀬義孝方

酒井大輔　〒六五九−〇〇三五　芦屋市海洋町一二−一−九〇八

多田　薫　〒八三〇−〇〇三七　久留米市諏訪野町二一七三〇−二　久留米プラザ一番館八〇六号

多田孝枝　〒八三〇−〇〇三七　久留米市諏訪野町二一七三〇−二　久留米プラザ一番館八〇六号

土居善胤　〒八一一−一三五五　福岡市南区桧原一−九−一二

中山十防　〒八四九−五一一一　唐津市浜玉町南山二二一〇−一

松尾鉄仙　〒八四九−四一四三　佐賀県西松浦郡有田町下山谷乙三〇二−三

柳内あず実　〒八三〇−〇〇三七　久留米市諏訪野町二一七三〇−二　久留米プラザ一番館八〇六号　俳誌『六分儀』編集室宛

編集後記

朴散華即ちしれぬ行方かな　　茅舎

六年を経て、漸く復刊が叶いました。

今号より、俳誌『六分儀』と改題し、新選者に、七田谷まりうす様・山本素竹様をお迎えして、多田薫新代表、柳内あず実、藏本聖子と私の四人、新体制の編集室に一新、久留米市より出航いたします。未熟な編集室にもかかわらず、数多くの方々から、声援と賛同の玉句玉稿を賜りました。心より深く御礼を申し上げます。

発刊にあたり、西島雅幸様の変わらぬ御厚情により、西島伊三雄先生の童画掲載の快諾と身に余るエールを頂き、書家・篆刻家でもある山本素竹様には魂の題字揮毫を頂きました。本当にありがとうございます。

この度、藏本聖子さんが俊英シリーズを継続し、第七集『手　藏本聖子句集』を上梓されています。長い句歴が凝縮された初句集、ぜひご一読を。

なお、制作・発売も初心に戻り、『六分儀』の名付け親でもある花乱社の別府大悟さん、そして宇野道子さんのご尽力あってこその発行です。design POOL（デザイン・プール）の北里俊明様・田中智子様、九州コンピュータ印刷社長・下田允郎様には、わがままな注文も受け入れ、ぎりぎりまで対応してくださいました。水彩画家・春﨑幹太様の新鋭な表紙画に魅かれ、これから毎号が楽しみです。その花乱社から、川端茅舎発掘関連資料掲載で所縁の鎌倉虚子立子記念館編集・発行『季題別句集　行路』も同時に発売されています。四季別・50音順、同一季題で並べられたお三方の句が、頁をめくるごとに共鳴音となり生命が響き合う、年代を問わず誰もの参考書となる稀な推奨の一書です。

今号は、谷口治達前代表の追悼特集を編んでおります。休刊中、坊城としあつ様、倉田紘文様をはじめ、多くの賛同者のご逝去を悼み、謹んでご冥福をお祈りいたします。

二月十四日、復刊記念シンポジウム「明日の俳句へ」特別展示「西島伊三雄童画展　春よ来い！」、「虚子と九州俳壇」を開催。共催機関、各分野の協力に恵まれました。『六分儀』を標に句作に精進し、次号も、編集室・同人一同が結集して、より充実した編集に努めてまいりたく念じております。


（多田孝枝）

俳誌『六分儀』 sextant

時代や社会が如何に移り変わろうと，私たちは俳句を詠み続けていきたい。無辺に生きる命として自己の位置を見定めつつ，明日の俳句へとつないでいくために。

俳誌　六分儀　　通巻第11号

二〇一五年二月二十二日　発行

（一九九八年十月三十一日　創刊／『ばあこうど』改題）

❖

定価（本体一五〇〇円＋税）　＊送料実費

❖

発　行　俳誌『六分儀』　代表：多田　薫

連絡先　俳誌『六分儀』編集室

〒八三〇-〇〇三七　福岡県久留米市諏訪野町二七三〇-二

久留米プラザ一番館八〇六号　多田方

電話・ＦＡＸ　〇九四二（五五）八四九二

制作・発売　合同会社花乱社

〒八一〇-〇〇七三　福岡市中央区舞鶴一-六-一三-四〇五

電　話　〇九二（七八一）七五五〇

ＦＡＸ　〇九二（七八一）七五五五

印刷・製本　有限会社九州コンピュータ印刷